KB146878

바늘과 가죽의 詩

구병모

바늘과 가죽의 시詩

구병모

소설

PIN

034

차례

PIN

034

바늘과 가죽의 시詩

구병모

구두 안에 늙은 여인이 살았지
아이들이 너무 많아 여인은
어떻게 해야 할지 알 수 없었네
빵도 없이 묽은 수프만 아이들에게 주었고
호통을 치며 잠자리로 밀어 넣었네
　　　　　　　　　　—마더구스에서

닷새간 지속된 장마로 삼나무 결이 뒤틀리지나 않았는지 염려되어 환기부터 할 요량에 슬쩍 젖혀 본 커튼 사이로 틈입한 햇빛은 라스트의 코에 닿아 부서진다. 일정한 가공을 거친 라스트 속의 섬유질이 온도며 습도에 따라 쉽사리 팽창 또는 수축하지는 않지만 목재인 만큼 합성수지 제품보다 관리하기 까다롭다. 이만한 공방에서 그늘지고 건조한 실내 환경을 상시 유지하기란 쉽지 않다. 나름대로 리모델링을 했지만 지은 지 40년이 다 되어가는 건물 상태의 열악함에다 이 나라의 풍토 자체도 한몫을 한다. 1년 내내 건기 아니면 우기에

혹서와 혹한이 반씩 지분을 차지하는 극단적인 기후는 사람을 닮았다. 백 아니면 흑. 나 아니면 너. 우리 아니면 그들. '아니면'의 자리에 '과'나 '와'가 들어가는 일은 흔치 않다. 간혹 짝지어서 불리는 예외도 있는데 죽음과 삶을 가리킬 때. 죽음과 같은 삶. 삶이자 죽음. 생명이 거한 곳에 어김없이 절반의 지분을 차지한, 삶과 죽음.

안은 커튼을 다시 닫고 제습기를 돌린다. 3단 열풍으로 올리지 않고 어디까지나 은은하게, 서둘러 돌려보내고 싶은 어려운 손님과도 같이 이 공방에 스민 습기를 조금씩 밀어내도록. 숨죽어 있던 사물이 활기를 띠고 저마다의 리듬을 찾아간다. 전날 사포로 손질한 고소리의 단면이 공기에 닿아 반향을 일으키고, 무두질한 코도반에서 타닌의 잔향이 올라온다. 이는 모두 공기와 접촉한, 한차례의 진동과 그다음 진동 사이에서 물방울처럼 튀어 오르는 존재들에 의해 발생하는 감각이다. 안은 지금도 가끔 그 존재들이 내는 소리의 여운을 듣고 그들이 스쳐 지나갈 적에 발산하는 냄새를 희미하게나마 맡을 때가 있으나 각종 인공품과

산업이 내는 소음과 냄새에 묻혀 예전만큼 자주는 아니며 그나마 그들을 눈으로는 볼 수 없다. 그들이 완전히 소멸하지는 않았고 다만 있을 데가 마땅치 않아 자취를 감춘 거라고 믿었는데, 그보다는 자신의 시력이 그들을 볼 수 없을 만큼 떨어졌을 뿐이다. 이 시력이란 소수점으로 기록 가능한 신체 능력과는 무관하다. 안은 기름등잔의 시절만 해도 거리를 걷다가, 혹은 창문만 열어도 빗방울에 걸터앉거나 빛줄기에 기대어 휴식을 취하는 그들을 선명히 볼 수 있었고 심지어 한때는 그들의 일부이기도 했다…… 했을 것이다. 적재한 기억의 부피는 방대하고 그중 일부는 부패했으니 안은 이제 무엇도 확신하지 않는다. 자신이 지금 여기 있다는 사실을 포함하여, 자신이 원래는 그 수많은 존재들 가운데 하나였다는 사실마저도, 선명한 기억이 아닌 허몽의 일종으로 치부하려고 애쓰면서.

……그날이 오늘이기를, 간절히 바란다고 할 만큼은 아니나 혹여 오늘일지 모른다는 정도의 기대를 숨 쉬듯 품으며.

30분 뒤에 수강생들이 올 예정이다. 이번 분기에는 총 여섯 명이 수강 신청을 했고 그중 두 명이 중도 하차했다. 남은 이들로는 자기 가게를 열고 싶다는 회사원, 그냥 호기심에 왔다는 취미 활동가, 구직 활동 중인데 먹고살기 위해 기술 하나라도 확보해두면 좋을 것 같아서 왔다는 20대 중반의 청년이 있고 나머지 한 명은 가족의 구두, 특히 아기의 신발을 직접 만들어주고 싶다는 이다. 어떤 이유도 사소하지 않으며, 그들은 안의 수강생들인 동시에 소중한 고객이다.

　분기별로 공방 교실을 열지 않고 자기 작업에만

올인해서는 살아가기 어렵다. 이 일대가 재작년 노포 거리 육성 및 보존 구역으로 지정되면서 가게 임대료와 관리비가 다른 상권보다 낮게 책정되어 버티는 것일 뿐 안은 오래도록 모은 재산을 시나브로 까먹는 중이다. 재료비에 늘 초과 지출하는 바람에 수제화를 지으면서는 마진이 거의 남지 않는 수준을 넘어 오히려 조금씩 손해를 보는 형편이다. 비교적 저렴한 단가의 구두를 지을 때도 가죽을 대충 전화 주문으로 떼어 오는 법 없이 공장에서 직접 보고 질감과 색의 미묘한 차이를 비교해가며 고르는 건 기본인 데다 멍크 스트랩에 끼우는 장식 하나까지도 기성품을 대량으로 준비해두는 게 아니라 그때그때 디자인을 새로 하고 금속공예 업자에게 도안을 넘겨주어 맞추니 주문 생산에 시일이 걸린다. 라스트만 해도 요즘은 비용과 시간 절감 차원으로 대부분 제작이 끝난 구두 안에서 발허리 부위를 꺾어 빼내기 쉽게 만든 폴리에틸렌 재질로 나오는데 안은 굳이 관리도 수월하지 않은 나무를 고집한다. 그렇게 하는 것이 장인으로서의 자부심 때문이거나 친환경을 고려

해서라기보다는 그저 너무 오랜 세월, 구체적으로는 이 세상에 플라스틱이라는 게 생겨나기 전부터 나무로 해왔으니 그게 익숙할 뿐이다. 이후 효율성 추구의 극대화로 이를 맡아서 해줄 공장이 없어진다면 그때는 먼 옛날 그리했듯이 안이 스스로 깎으면 된다. 손에 감각이 돌아오려면 오래 걸리겠지만 어차피 남는 게 시간이기도 하고. 지구상에서 나무가 사라지기 전까지는 그렇게 할 것 같다.

혼자서 채촌採寸부터 가봉까지 한 켤레당 최소 4주가 걸린다. 작업 중일 때는 두 켤레 이상 주문도 받지 않아서 노동의 강도에 비해 손에 들어오는 금액은 약소하다. 전설로 남거나 명인으로 소문나지 않는 이상, 과작의 화가나 무대를 자주 거부하는 연주자에게 들어오는 의뢰는 점차 줄어들고 언젠가는 세상이 그들을 잊을 것이다. 한때 안의 주문서는 3년 뒤까지 다 찬 적도 있는데, 손 비는 때 없이 매달 두 켤레씩 꼬박꼬박 작업을 진행한다 쳐도 1년에 고작 스물네 켤레니까 애당초 그런 템으로 만들어서는 부를 쌓거나 누리기 힘들뿐

더러, 현재를 중요히 여기는 요즘 고객들은 석 달 뒤는 물론 사흘 앞도 알 수 없는 게 인생이라며 견적과 일정표 앞에서 회의적으로 돌아서고, 제품에 드는 노고를 인정하는 듯싶은 소수의 고객도 어떻게 이탈리아 명품에 준하는 값을 부를 수 있느냐며 퉁바리를 놓곤 해서, 안은 반년 사이 맞춤으로는 단 세 켤레만 만들었다. 이처럼 비생산적이고 사치스러운 일을 관성으로라도 이어나가려면 수강생의 존재가 필수다.

이곳으로 이사 오기 전에는 안면을 튼 제화 공장 사장들의 제안으로 대형 패션 브랜드의 이중 하청을 받아 저부 공정 또는 갑피 공정만 빠른 속도로 대량 진행 및 납품하는 일도 해보았고 그런 종류의 공장제 노동 역시 안에게 익숙했으나, 원청업체에서는 빠른 일손만 요구하곤 막상 대금 지급을 미루거나 공임비 단가를 후려치기 일쑤였다. 무엇을 하더라도 벌이가 되지 않기는 마찬가지라면 차라리 속도를 올리지 않고 모든 공정을 혼자 해내면서 무언가를 이뤄내는, 정확하게는 무언가가 그 자리에 도래하는 모습을 바라보는 쪽이 적

성에 맞았다. 지금 가게는 예전처럼 원단이나 부자재 상점이 밀집한 거리에 위치한 게 아니어서 안은 과거에 알던 장인들과 긴밀히 연락하고 지내지 않으며, 수강생들에게 갑자기 부족한 자재가 생겨도 구입처와의 접근성이 떨어져 불편하지만 마음만은 한갓지다.

장인, 기술자, 상인뿐만 아니라 누가 됐든 과거의 지인들과 연락을 이어간다는 것은, 안에게 현명한 선택이 아니다. 단골 고객과의 신뢰를 수십 년 쌓아나가고 대를 물려 가게를 잇고 하는 것이 보통의 장인에게라면 최고의 격려이자 자부심이 되겠지만, 홀로인 안은 그 누구도 자신을 모르는 곳에서 인터넷 블로그를 보고 간혹 찾아오는 손님을 맞이하고 일시적인 인연을 맺는 쪽이 마음 편하다. 근린공원에서 운동 겸 산책하다 일없이 들른 노인들이 그가 작업하는 모습만 물끄러미 바라보다 떠나는 것도 좋고, 쓸데없는 말을 붙이거나 자기 자랑이라도 늘어놓거나 하는 것은 적당히 대꾸해주면 그만이다. 모든 공정을 손으로 했다는 사실을 불신하거나 그리 대단치 않은 것으로 여기며 시비를 거는가 하면 신을 이리저리 뒤집어보고 가죽에 기름진 손자국을 찍어놓는 뜨내기손님들의 태도가 불쾌할 때도 있지만, 어차피 그들이 몇 년 혹은 몇십 년 뒤까지 꾸준히 찾아올 리 없는, 세상에 잠깐 머물다 부서지는 한 알의 모래에 불과하다고 여기면…….

그때 풍경 소리와 함께 활짝 열린 문으로 붉은 저녁이 쏟아져 들어온다.

"블로그 덕분에 간신히 찾았네."

역광에 안은 눈을 찡그린다. 목소리의 주인이 잘 보이지 않는다. 블로그라니, 안이 공개 블로그에 올린 포스트는 30건 미만으로 간간이 기록한 수작업 일지나 고객에게 촬영 허가를 받은 완성품, 그리고 국내에서 구입할 수 없으며 실착용보다는 이벤트나 전시 용도로 만든 독특하고도 파격적인 소재와 디자인의 구두 이미지를 해외 사이트에서 퍼온 것들이었다. 제작 구두를 보여줄 때는 안 자신의 얼굴 정면이 나오지 않게 찍었고 작업하는 손 위주로 셀프 촬영을 해서 올리는 한편 신규 고객의 편의를 위해 가게 약도와 주문 절차를

별도의 포스트로 올려두긴 했으나 거의 방치 상태에 가까운 취미 블로그를 누가 보고 찾아왔다는 것인가.

……라고 생각할 필요는 없다. 안은 이 목소리를 잊지 못한다. 얼굴을 수십 번 바꾸어도 목소리는 변하지 않으며 무엇보다 안 자신을 닮은 존재들 특유의, 보통의 사람은 감지하기 어려운 묘향妙香이 희미하게나마 감돌고 있다. 예전에 알고 지냈으나 이제는 지워버려야 할 이름의 목록을 열거한다면, 언제까지고 가위표가 그어지지 않은 채로 보존될 사람. 기억나지 않는 언젠가부터 늘 옆에 존재했던, 안의 정체를 규정하고 그의 삶에 정신의 방파제가 되어준 형제. 어디까지나 이 지구가 현실이라고 가정한다면, 지금은 그의 곁에 남아 있는—이런 형태를 '곁에' 남아 있는 거라고 할 수 있다면— 유일한 동료.

"얀."

안은 웰트와 아웃솔을 꿰어서 한 바퀴 감아올린 녹밥을 끌어당기던 자세 그대로, 그녀를 바라본다.

"지금은 그러니까, 이안이라는 이름을 쓰는 거지?"

입에 물었던 녹밥을 뱉고, 마르지 않은 심장에 언제까지고 지워지지 않는 발자국으로 남아 있을 이름을, 안은 가까스로 부른다.

"미아."

그들에겐 그리 대단치도 않은 비밀을 공유할 수 있는, 이제는 아마도 유일한 상대가 눈앞에 있는데 무엇부터 말해야 할지, 말 대신 일어나서 그리로 다가가는 게 좋을지 안은 망설인다.

"이게 얼마 만인지 세어볼 필요 없어. 피차 양손가락이 모자랄 테니까. 잠깐 시간 괜찮아?"

이미 가게 안으로 두어 발자국 들어서면서 미아는 묻는다. 그렇게 말하는 미아는 마치 바로 지난달에 술잔을 기울이고 저녁 인사를 나눈 것처럼 조금의 스스럼도 사양도 없다. 미아가 다가오자 한 줌의 풀뿌리와 꽃을 이겨 빚어낸 듯한 냄새가 더 가까워진다.

"그게 실은, 좀 이따……."

안은 순간 자신의 의무와 약속을 잊고, 이따 찾

아올 수강생들을 모두 돌려보내고 싶어진다. 블로그까지 찾아서 여기로 와줬을 정도면 미아가 어디로 도망가는 게 아닌데도, 지금 손 내밀어 미아를 붙들지 않으면 그대로 사라질 것만 같은 초조에 사로잡힐 때, 미아의 등 뒤로 또 다른 사람의 그림자가 드리워진다.

그것을 보고 안은 미아에게 동행이 있음을 알아차리며, 자신도 석양 아래서 누군가와 두 개의 그림자가 서로 합쳐졌던 시절이 종종 있었음을 떠올린다. 바람에 몸을 맡기고 실려 가다가도 어딘가에 한 번은 내려앉게 마련인 나뭇잎처럼, 안은 이 땅에 다다르고 나서도 최소 한 명은 그런 이를 만난 적 있었다.

그러니까 미아, 너의 곁에는 지금 그런 사람이 있구나. 두 개의 그림자를 기꺼이 하나로 합쳐도 좋을 만한.

그리고 미아가 다음번 바람에 떠다닐 나뭇잎이 될 생각이 없다는 것쯤은, 표정과 분위기를 보면 알 수 있다.

"선생님, 괜찮으세요?"

시인이 조심스레 노크하듯 묻는 음성이 안의 상념을 감싼 외피를 터뜨린다.

"미안, 잠깐 딴생각했습니다. 그래서 뭐라고 했지요?"

"저의 어머니 구두요, 샹크가 나갔다고요."

"거기까지는 들었습니다. 그래서 부자재를 좀 알아봐드릴까요?"

"아뇨, 조만간 전화하고 이리로 직접 가져오신대요. 비용 좀 내고 선생님한테 맡겨서 수선 제대로 하신다고. 저의 어머니도, 아주 훤하지는 않다고 말씀하시지만 부속 품질 좋은 건 알겠다고 하시더라고요."

"원한다면 그렇게 하셔도 됩니다. 연락만 미리 주시면."

시인은 인사하고 제자리로 돌아가 작업을 이어간다.

안은 다른 날 만나자고, 수강생들 눈에 띄기 전에 떠밀다시피 돌려보낸 미아 일행을 머리에서 떨쳐내곤 회사원 수강생이 라스트에 붙인 패턴을 체크해준다. 수많은 변곡점과 포물선으로 이루어진 발등 부분이 손에 감겨오면서 안의 마음에는 비로소 일말의 평화가 스며든다. 회사원은 아무래도 야근에 특근을 요구받는 비정규직으로 다른 이들보다 진도가 늦다고 겸연쩍어하지만 어차피 일대일 교육이라 상관없다고 안은 그를 안심시킨다.

진도를 좀 더 나간 구직자 수강생에게는 가게 벽면에 자리한 스카이빙 기계의 사용법과 유의 사항을 알려준다. 기계가 작동하는 동안 가죽을 쥔 손에 들어가는 힘을 일정하게 배분하여 균일한 두께를 유지하는 것이 피할 작업의 생명이지만, 수강생을 맡고 있는 이상 무엇보다도 손이 다치지 않는 것에 가장 신경 써야 하므로, 아무리 작업용 장갑을 꼈다 하더라도 성급하게 덤비면 손등 가죽이 썰려 나갈 수 있다고 겁주는 것을 잊지 않는다. 하지만 안은 스카이빙 용도의 기계가 만들어지기 전 피할 자체를 모두 손으로 하던 시절의 이야기는 꺼내지 않는다. 상징도 과장도 아닌 문자 그대로 영겁의 세월 동안, 구두칼 한 자루와 바늘만으로 이룬 노동의 결과, 전체적으로 못이 박여 부드럽거나 푹신한 자리라곤 찾을 수 없게 된 지 오래인 두 손에는, 안전을 위한 장갑이 오히려 거추장스러웠다는 이야기를.

손이 빠른 취미 활동가에게는 갑피에 보강용 테이프를 붙일 자리를 표시해준다. 내구성을 높인다고 지나치게 넓은 면적에 걸쳐 테이프를 붙이면 구두의 둘레가 두꺼워져서 모양이 살아나지 않는다. 본드를 칠할 때도 마찬가지로, 너무 두툼하게 발라버리면 건조 전후 작업으로 다듬어 어느 정도 수습은 할 수 있지만 다 만들고 나서 신었을 때 발어딘가에 이물감이 느껴진다. 스무 장의 담요 밑에 깔린 완두콩 한 알에 등이 배겨 밤새 뒤척거린 공주처럼, 예민한 사람 또는 좋은 구두를 많이 신어본 사람은 본드의 양이 달라진 것만으로도 발이 불편하거나 걸음걸이가 부자연스럽다고 느낄 것이다.

수강생들을 위한 지름길로 본드나 테이프, 때로는 스테이플러를 이용하며 갑피는 재봉틀로 잇지만, 안 자신의 작업은 전 과정에서 접착제 사용을 최소화하고 밑창과 중창, 까래 부착까지 모두 최소 9합사 내지 12합사의 손바느질로만 이루어진다는 이야기는 하지 않는다. 지난 분기 때 까래 한 장, 나무못 한 개, 본드 한 통 모두 공장에서 찍어낸 상품을 떼오는 게 아니라 그때그때 손으로 만든다는 이야기를 해서 지레 겁먹고 떨어져 나간 수강생들도 있었다. 이 호젓한 거리로 이사 오기 전에 열었던 수제화 교실에서는 주변의 부자재 가게와 공장들과의 관계 유지를 위해 되도록 구입하여 진행했다. 하지만 그렇게 기성품을 모아다 편리하게 작업하는 습관이 들면 나중에는 한 켤레를 완성했다는 성취감보다는 수수깡을 잘라 조립하는 느낌이 들게 된다고, 장인과 기술자는 경력과 노하우 상관없이 대체로 동일 강도의 노동을 하지만 이 부분만은 확실하게 다르다는 안의 견해에 동의한 소수의 수강생이 지금의 교실에 등록하고 있다.

수강생들 가운데 한 명인 시인은, 본격적으로 배워 직업을 삼을 계획이 있지는 않으나 느리고 꾸준한 타입이며 유일하게 구면이다. 지난 분기에 그는 어머니가 신을 낮은 굽의 편안한 홀컷 타입 구두를 지었다. 처음 온 계기가, 어머니의 양쪽 다리 길이와 발이 중년 시절의 사고로 인해 남들보다는 조금 눈에 띄게 짝짝이어서 어머니한테 꼭 맞는 구두를 해주고 싶어서였다고 했다. 별도로 한쪽에 리프트 보강 작업을 해주어 보행 시의 균형을 맞추었다. 그러나 그의 어머니는 그전까지 걸음이나 자세가 바르지 않은 상태에 오랜 세월 익숙해졌는데, 아들이 모처럼 지어준 거라고 그것만 신다가 샌크가 나간 모양이다. 안은 교육용 소모품이라는 생각으로 최상급보다는 한 단계 낮은 품질의 부속을 구입했던 데 대한 책임감을 느껴서, 이번에 그 어머니가 가져오면 더 좋은 걸로 넣어 고쳐줄 것이라 마음먹었다.

그리고 시인은 지금은 본인 희망에 따라 교육과정에는 없는 아기 신을 짓고 있다. 바닥이 두 겹의 부드러운 가죽으로 된 실내용이자 장식용에 가까운 모카신. 태어날 아기가 그것을 신고 흙바닥을 뛰어다닐 일은 없을 것인데, 걸을 수 있을 정도로 자라나면 발도 커져서 다른 신으로 바꿔야 할 것이기 때문이다. 그때를 대비해 조금 큰 치수로 외부 활동 용도로 지어두는 게 어떠냐, 사모님도 그걸 더 반기지 않겠느냐고—실은 작은 사이즈의 가죽을 다루는 것이 초심자에게는 은근히 까다로운 일이기도 해서— 안이 제안하기도 했지만, 시인은 아기 띠에 안고 다니거나 유모차에 태우고 다니는 동안 아기 발을 감싸는 용도로 구두를 짓기를 바랐다. 갓 돋아난 새순이나 영글기 전의 포도알 같은 아이, 절대적인 보호를 필요로 하며 스스로의 힘으로 걸을 수 없는 시기의 아이가 신는 신발이야말로 의미 있다고. 가만히 뉘어두기만 해도 부서질 것만 같은 아기에게 신발까지 신기고 싶다니 안으로서는 그 마음을 이해할 수 없지만, 아기를 위한 선물이라 치고 아기용 라스트를 합성수지로 맞춰 왔다. 아직 태어나지도 않은 아기의 발 사이즈를 잴 수는 없으니 돌쟁이의 평균 사이즈에 준해서 제작한 것이다. 어떤 공방에서는 아기 신발만 다루는 원데이 클래스를 따로 운영하는데, 그처럼 정해진 패턴과 틀에 맞춰 돈피와 스웨이드를 재단한 뒤 바늘을 꽂을 자리도 일정 간격으로 미리 다 뚫어놓아서 사실상 조립만 하면 되는 수준으로 출고되는 한 세트의 재료가 구비된 가게로 가는 게 시간과 비용이 절약되겠지만, 시인은 하나하나 자기 손으로 만지고 고르고 자르며 꿰매는 그 행위가 태어날 아기를 향한 더욱 좋은 기원이 되리라 믿는다. 이미 어머니를 위한 홀컷 구두를 통해 고양감을 가져본 데서 나오는 자존심 같은 것인데, 안은 가능한 한 그것을 지켜주는 쪽으로 가고 싶다.

사람의 손길은 개개인의 솜씨와 숙련도에 따라 다르더라도 일정 시간 이상 노동을 들여야 한다. 안은 지금은 보통의 사람들 가운데 달인쯤 되는 속도로 작업에 임하지만, 이렇게 되기 전 형제들과 했던 일은 이 세상을 구성하는 물리적인 이치에서 벗어난 속도와 성질을 갖고 있었다. 그들은 연약했고, 갈라진 고목의 결 사이에 끼인 모래알이나 먼지나 이름 모를 씨앗 같은가 하면, 세상의 영혼이자 대지의 숨결 그 자체인 존재들이었다. 그런 몸으로 바늘을 쥐고, 눈에 보이지 않는 손놀림으로 가죽을 기워나갔다.

이제는 시기와 장소를 떠올리기도 어려운 먼 옛날의 어딘가에서, 안과 미아와…… 또 다른 형제들이 저마다의 조그만 손가락 안에 바늘을 쥐었던 날을 생각하면, 지금은 각 단계 노동의 세부가 섬세함과 정밀함을 필요로 하게 된 대신 상당 부분은 편리해지고 자동화되었다. 형제들 가운데 아직까지 칼과 바늘을 벼리고 새로운 문명의 이기를 받아들여가며 구두를 짓는 이는 이제 안 혼자뿐이다.

탄생과 계약과 응징과 구원을 말하는 수많은 옛이야기의 패턴 가운데, 어느 인디언 부족으로부터 전해 내려오는 전설이 있다. 세상 창조를 마친 뒤 신은 사랑하는 인간들의 몸속에 '영원한 빛'이라 는 걸 선물로 심어주었는데, 이후 인간들은 교만 과 불순종으로 인해 세계인들에게 널리 익숙한 홍 수 신화와 같은 루트를 타고 '영원한 빛'을 영원히 박탈당함으로써 그것이 죽음의 기원이 되었다는.

그 심판의 유래는 어디까지나 인간들의 것일 뿐 안과 같은 존재들의 몫은 아니다.

차고 넘치는 시간의 수많은 휘장을 통과하는 동 안 안은 여러 나라의 말을 하고 글도 읽게 되었는 데, 그중 기억에 남는 허구의 이야기는 어느 구두 장이의 아들로 그늘진 얼굴을 한 남성 작가가 어 린이들을 위해 썼다는 이야기 모음집 가운데 한 편이었다. 누군가의 밭에서, 잘 익고 알맞게 부풀 어 껍질을 터뜨린 다섯 알의 완두콩이 마을 개구 쟁이들의 손에 들어간다. 아이들은 총 쏘기 놀이 를 하기에 딱 적당한 크기라고 좋아하며 한 알씩 새총에 재어 하늘로 멀리 쏘아 보낸다. 한 개의 꼬 투리 속에서 한몸 같았던 형제들이 저마다 뿔뿔이 흩어진다. 누군가는 새가 물어가고, 누군가는 수챗구멍에 빠져 몸이 통통 붓고……. 단 한 알의 완두콩만이 어느 가정집 마당에 떨어져 흙 속에 다시 파묻히는데, 그 집안의 딸로 오래 앓던 소녀는 창밖에서 쑥쑥 자라는 완두콩 줄기를 보자 살아갈 희망을 얻는다. 이 다섯 번째 완두콩은 자신이 새총에 재어지기 전 무엇이 되고 싶다거나 어디로 가고 싶다는 욕망 따위 없이 무심하게 '될 대로 되겠지'라며 노래 불렀으나 결과적으론 한 꼬투리에서 난 형제 가운데 완두콩의 본질을 지킨 단 한 알이 되었음을 모르는 채로, 어쨌거나 누군가에게 유익한 것을 주었으므로 보람을 느낀다는 이야기. 안은 그 이야기를 읽었을 때, 자신만이 원래 하던 일에 계속 종사한다는 자부심이 아니라—그 누구도 그들에게 구두를 제작하는 행위를 의무이자 본질로 부여한 바 없으므로— 미아를 제외하고 흩어진 형제들의 소식을 알지 못한다는 사실을 떠올렸다. 이 나라에서 저 나라로 옮겨 다니며 각자의 길을 찾아 이별을 반복하고 오랜 세월이 흐른 지금, 안은 미아와 자신만이 이 세상에 남아 있으리라고 짐작한다.

　사람의 눈에 보이는 몸을 얻고 원래의 존재 속
성에서 한 발자국만큼 비켜난 형제들은 각자 다른
의미를 찾아 나선다. 우리가 더 이상 그전 같은 존
재가 아니게 된 이상, 반드시 우리가 함께여야 하
는 이유가 있을까? 우리는 서로에게 기대지 않고
살아가는 법을 배워야 형제가 아닌 다른 사람들
틈에 섞일 수 있지 않을까? 우리는 처음부터 함께
였고 그것을 자연스럽게 여겼지만, 우리가 진짜
세속에서 말하는 의미로서의 형제이기는 할까?
저마다 나름의 결심과 함께, 발길 닿는 곳에서 한
명씩 손을 흔들며 멀어져 간다.
　그러는 동안 너무나 많은 전쟁과 전염병과 홍수
와 지진과 기근이 이 세상을 흔들고 뒤집고 부수
고 재편한다. 그들은 늙지 않고 병들지 않으며 때
론 필요에 따라 꾸준한 명상과 집중 끝에 자신들
이 원하는 형상으로 얼굴을 바꿀 수도 있는 체질
임을 알게 되나, 이 같은 자연의 실수가 유구히 지
속될 것인지, 언제까지 보장될는지는 알지 못한

다. 화염과 총칼과 머리 위로 떨어지는 바위 앞에
서도 괜찮을 것인지, 당해보기 전까지는 모른다.
보통의 사람과 같은 두려움, 고통도 있으니 재난
과 위험에 맞서기보다는 가능한 한 도망치면서 살
아왔다. 갈증과 허기도 알고 구두를 짓다가 칼에
손을 베이면 피도 뿜어져 나오는 걸로 보아 완전
한 영생은 불가하리라 짐작하나, 한편으론 온 마
을이 페스트 환자로 뒤덮일 때도 그들은 전염되지
않아서 마녀라는 누명을 쓰기 전에 마을을 탈출하
기도 한다. 가뭄에 몇 달간 물 한 방울 마시지 못
했을 때도 차라리 죽음으로 편해지고 싶다는 고통
만을 내내 느낄 뿐이며, 화상이나 창상으로 너덜
너덜해진 손발 같은 건 이튿날이면 전날의 부상이
착각이거나 꿈이라도 되는 것처럼 깨끗이 낫는다.
어차피 복원되는 몸이라면 목을 그어서 피를 얼마
나 흘리고도 숨이 붙어 있는지, 손가락을 한 마디
씩 잘라도 이튿날 다시 생겨나는지 관찰하는 방법
도 있겠지만, 한 형제가 실수로 교회 종탑에서 추
락하여 머리가 깨지고서도 즉사하지 않고 한 달간
고통스러운 회복 기간에 시달리는 모습을 본 뒤

로, 그들은 영생의 최종 유효기간을 헤아리고 그 성질을 파악하기 위해 스스로를 학대하지 않기로 약속한다. 그러는 동안 언젠가부터 형제들은 잠들기 전이나 여명이 밝아올 때 기도하곤 한다. 그날이 오늘이기를. 그 기도는 형제 가운데 두 명만 남겨질 때까지 계속된다.

안이 아직 얀이었던 때, 포연탄우를 피해 미아와 서로 다른 여객선의 화물칸에 밀항하기 전의 어느 날이었을 것이다. 그들은 이 진동하는 세계의 배음倍音에 환멸을 느끼고, 3백 년 전의 어느 날 자신의 의지로 길을 떠나간 형제들의 더는 기억나지 않는 얼굴에 대해 이야기하고, 2백 년 전의 어느 날 뒤흔들리다 갈라진 지표면의 붉은 틈으로 빨려 들어간 형제와, 발푸르기스의 밤에 악마와 사통했다는 소문의 희생양이 되어 끌려간 형제와, 150년 전의 어느 날 단두대의 피바다 속에서 분노인지 광기인지 원래의 목적을 알 수 없게 된 군중의 행진 가운데 넘어지고 짓밟힌 다음 행방이 묘연해진 형제가 그 후로도 어딘가에서 살아남았을지에 대해 이야기한다. 자신들이 피와 살과 뼈와

근육을 가진 인간이 되어버린 그 어느 시절에 대해, 무한의 껍질을 벗고 얻게 된 불완전한 유한에 대해, 이 상태를 진정한 유한이라고 부를 수 있는지에 대해서도 이야기한다. 한동안 밤마다 드나들었던 심성 좋은 부부의 가게에서, 형제들의 노동에 대한 보답으로 부부가 지어준 옷을 기꺼이 입은 날부터였을까. 그날 밤이 이울고 새벽빛이 밝아오자 갑자기 인간이 되어버린 것은 아닌 것 같고 자기들도 모르는 사이 조금씩, 손가락 한 마디만큼씩 천천히, 인간이라고 부를 수 있는 속성이 붙어서 증식했을 것이다. 옷을 입고, 남의 구두를 깁기만 하던 손에 장갑을 끼고, 발에는 구두를 신고, 차츰 노동과 재화를 교환하는 원칙을 알게 되고…… 이윤을 추구하게 되면서 비로소 인간의 형상을 온전히 갖추었을 것이다. 길드에 속하여 도제공의 제복을 입고 스승을 옹위하고, 때론 스스로 길드의 수장에 오르기도 하다가, 세월이 흐르고 산업화가 이루어지면서 대형 공장의 소속으로 일하는 한편, 수많은 사람들과 한데 엮여 전쟁터에 동원되어서 나갔다가 살아 돌아오기도 여러 번, 모든 것을 잃고 모든 것을 누리고 부흥과 패잔과 도주를 거듭하면서, 누군가의 짐마차에 실려, 혹은 석탄을 머금고 증기를 내뿜는 검은 괴물에 실려 국경을 넘으면서 다다른 자리. 그러는 동안 결국 남은 사람은 둘뿐. 이제 미아는 얀과 같은 곳으로 가고 싶어 하지 않는다. 어차피 주어진 시간은 넉넉한 모양이니, 몸이 좀 고되어도 지금껏 가본 적 없는 곳으로 떠나겠다 한다. 얀은 그것을 말리지 않고, 함께 가겠다 말하지 않음으로써 형제의 결정을 존중한다.

미아와 얀은 이야기한다. 어째서 빛이나 물이나 공기나 흙의 일부였던 우리가, 그러면서도 동시에 액체와도 기체와도 꼭 같지 않고 더욱이 고체는 아니었던 어떠한 상태를 벗어나서, 손만 뻗으면 서로의 얼굴을 어루만질 수 있는 인간이 되었음에도 얼굴에 주름이 잡히지 않으며 쇠잔하지도 병들지도 않을까. 이는 유한인가 무한인가. 오래전부터 인간들은 우리를 정령이나 이런저런 이름으로 불렀는데, 우리는 이제 서로를 뭐라고 부르면 좋지. 지금은 존재들이 예전만큼 눈에 띄지 않는데,

그들은 모두 한밤의 어둠이 보장되는 숲으로 숨어버렸나. 어쩌면 그들도 우리처럼 상태가 달라져버려서, 아주 보통의 인간인 척하며 어딘가에서 잘 살고 있을지도 모르지. 어떻게 우리는 존재의 특성을 잃었음에도 불구하고 지금까지 살아 있는 것이며, 자신의 모습을 결정하고 바꿔나갈 수 있을까. 아주 오랜 옛날이라고만 불릴 뿐 특정되지 않는 시절의 상상 이야기로 후대 사람들에게 전해진 그 어느 날 밤, 노부부가 지어준 옷과 함께 우리가 얻은 것은 편리함인가, 저주인가. 우리는 과연 언제까지 인간 비슷한 것으로서 있을 수 있는지, 그것을 알게 되는 날이 올까 하고.

미아가 배를 옮겨 탈 때까지도 얀은 묻지 않는다. 다음번에도 이 모습으로 만날 것인지, 형태가 달라졌다면 서로를 알아볼 수 있을지를. 무엇보다 이 비명과 통곡과 죽음의 시절, 인간과 괴물이 앉은 자리를 바꾸고 정령이라고 불리는 수많은 존재들은 기거할 터를 잃은 지 오래이며 삶과 죽음이 구별되지 않는 정도를 넘어 삶 자체가 죽음의 수많은 양상 가운데 하나에 불과한 때, 우리가 바다를 건넌 뒤에도 살아남을 수 있을지에 대해. 살아남는다 치면 그 영속성이, 그러나 영원한지는 알 수 없는 고작 그뿐인 지속성이 주는 의미란 무엇이겠는지를, 묻지 않는다.

새로이 건너간 땅에서 얀이 흘러 들어간 곳은 군화를 납품하는 공장으로, 그곳에서 다닥다닥 붙어 앉은 수십 명의 노동자가 새벽부터 밤까지 허리를 숙이고 일한다. 손으로는 가죽을 밀면서 발로 페달을 밟아 이음매를 기워나가는 재봉틀에 익숙하지 않아서 얀은 손등을 서너 번 바늘로 찍는다. 그렇게 몇 년을 돌리자 온몸이 재봉틀이 되고, 손바느질을 잊을 것만 같다. 물론 재봉틀을 사용할 줄 알게 되거나 그보다 더 발전한 신기술로 교체된다거나 그런 요인들과는 무관하게, 몇십 년이고 한곳에서 일할 수는 없다. 인간이라면 늙고 병들고 언젠가는 죽어야 하니까.

얀은 자신의 얼굴을 조금씩 늙어가도록 만드는 일에 대해 고려한다. 경험상 그것은 고강도의 정신 집중과 기력 소모가 따르며 자주 시도할 만한 일은 못 되지만 불가능하지는 않다. 노인들과 일상적인 관계를 맺고 그들 속에서 살아나가며 그들의 모습을 눈에 담고서 그와 닮은 모습이 되고 싶다고 생각하면, 시간이 걸리더라도 조금씩 보통의 늙음을 얻을 수 있을 것이다. 그의 몸속 조직이, 세포가, 신경다발이 그의 소망에 따라 부풀어 오르거나 꺼져들고 자연의 변칙을 허용할 것이다. 그것이 지금까지 얀과 미아의 삶을 통과한 시간이 가르쳐준 결론이다. 그러나 얀은 굳이 늙은 모습을 꾸밀 필요를 잃을 정도로 세상이 빠르게 바뀌고 지속성이 사라지고 꽃피우지 못한 사람들이 서둘러 죽어가고 날마다 탄생하거나 발전한 기계가 인간을 대체하면서 공장들은 문을 닫거나 새로 열기를 거듭하는 현실과 마주한다. 농경의 시대를 지나 도시에 파묻히고 도시 풍경의 일부가 된 사람들은 서로의 얼굴을 주시하지 않고 조우와 결별을 일용할 양식처럼 삼는 한편, 얀 자신은 한동안의 정박 이상으로 일생의 정주를 꿈꾸지 않으며 일생이라는 의미도 체감하지 못하니, 타인과 함께 늙어가지 않는다는 문제에 대해 너무 깊이 염려하지 않아도 무방하다는 것을, 사람의 삶은 신이 머금은 한 번의 거대한 냉소에 불과함을 알게 된다.

고된 노동과 잠깐의 취침 사이에 혀끝에 전혀 맛이 느껴지지 않는 묽은 옥수수죽 한 컵을 밤 끼니로 마시다가, 얀은 더러운 카페테리아 바닥에 버려져 구둣발 자국이 난 신문을 무심코 주워 든다. 몇 장 넘기다가 뭔가 화난 듯도 당혹스러운 듯도 한 얼굴에 추레한 차림을 한 사람들의 사진을 무심코 내려다본다. 인종이 달라 생김새가 이질적으로 느껴지는 탓에 표정의 구체적인 의미를 알기 어렵지만, 얀은 경악과 공포 그리고 굶주림에 지친 얼굴들에 익숙하다. 기사의 내용은 이곳과는 무관한 먼 나라 사람들이 겪는 일을 다룬 것이며 나라 이름도 처음 본다……. 처음 보는 정도가 아니라, 얀은 분명 이곳의 언어를 어느 정도 읽고 쓸 수 있었을 것인데도 고작해야 신문에 인쇄된 글의 내용을 처음 보는 외국어인 것처럼, 혹은 지금까지 알아온 무수한 외국어가 뒤섞인 것처럼 파악할 수 없다. 게다가 사진 속의 표정들은 신문의 장을 넘길 때마다 조금씩 변해간다. 어떻게 이 사진이

다음 장 그다음 장에도 계속 담겨 있는 것인지 얀은 알 수 없다. 그러나 어떤 내용이든 상관없이, 얀과 그의 형제들이 기억하는 한 세계는 그 규모와 성격만 변해왔을 뿐 언제나 혁명 중 또는 전쟁 중이고 인간은 대체로 부적절한 상황에서 피로와 빈곤을 수반한 일생을 보내며 평온하지 못한 감각에 사로잡혀 있으므로, 그런 상태를 포착한 사진 가운데 한 장일 것이다.

그러다 사진 속 얼굴 하나에 얀의 시선이 붙들린다. 바로 엊그제 손을 흔든 양, 그는 미아를 알아볼 수 있다. 그 나라 사람들 속에 자연스레 스며들도록 노력했는지 모습이 예전과 달라져서 그가 알던 구석은 입매와 분위기만 남았음에도 그 농축된 시간의 잔상, 함께한 기억의 누적이 형성한 특별한 이미지만은 사라지지 않은 듯하다. 미아는 어려움에 처한 일군 속에서 무언가를 항의하는 듯한 몸짓을 하고 있는데, 이 세상 어디를 가더라도 사람으로서의 삶인 이상 곤경이나 적대감에서 벗어날 수 없기는 마찬가지일 테고, 그리 선명하지 않은 사진 속 얼굴의 주인이 설령 미아가 아니더라도 얀은 그 옆에 있어주고 싶고 미아가 원치 않는다면 먼발치에서라도 지켜보고 싶다는 소망에서 벗어나지 못한다.

그리고 얀은 눈을 뜬다. 발밑을 구르는 컵 속 남은 옥수수죽이 흘러 바닥을 더럽힌 것이 보인다. 얀은 손에 쥔 신문을 다시 한 번 펼쳐 본다. 거기에는 얀이 읽고 쓸 수 있는 언어로 십자말풀이나 구인 공고 등 사소한 정보가 담겨 있으며, 사진 같은 것은 어디에도 없고 순간 사진으로 착각할 법한 펜화 정도가 실렸는데, 그 어느 그림에도 미아를 닮은 사람은 없다.

그러나 얀은 꿈속에 나타난 얼굴과, 그 얼굴을 보고 자신이 강렬하게 느꼈던 감정 그대로가 일종의 신호일지도 혹은 그저 구실에 불과할지도 모른다는 생각으로 또 한 번 바다를 건넌다. 신이 예정한 종말이라는 것이 있다면 미아와 조금이라도 가까운 곳에서 그것을 맞이하고 싶다는 마음을, 어쩌면 그날이 바로 오늘이거나 내일일지도 모른다는 절박감을 갖고서. 그 기대가 비록 천 년간 틀어지더라도.

자원봉사 명분으로 선교사와 의료인들 틈에 섞여들어 도착한 지 얼마 되지 않았을 때는 사람들이 그의 얼굴을 보고 힐끔거리는가 하면 어린애들은 뭔가 사탕이라도 바라는 듯이 다가와 두 손을 내밀기도 하는데, 수많은 날을 걷고 걸어 또 다른 도시의 사람들 속으로 섞여 들어갔을 때는 더이상 누구도 그를 신기하다는 듯이 돌아보지 않는다. 그는 고장 난 수레처럼 무기력한 사람들의 움직임 속으로 들어가서, 공허와 폐허와 번민이 범람하는 표정들 한가운데를 통과하는 동안, 어떤 물리적 변용을 동원하지 않고도 그들 가운데 하나가 된다. 그곳에 사는 보통의 사람들과 닮아지고 그는 이안이 된다. 그 과정에서 사람을 비롯하여 물질로 이루어진 세상의 모든 구체물이란 이토록 단순한 분자의 배열과 결합에 불과하다는 사실도 알게 된다.

　그러니 자신이 이렇게 된 것과 마찬가지로, 이제는 어떤 모습으로 바뀌었을지 알 수 없는 여성을 이름만 갖고 수소문하는 일은 바람에 날려간 민들레 씨앗 가운데 하나를 찾기와 다르지 않아서, 안은 다만 미아에게로 한 걸음 가까워졌음을 위안으로 삼는다. 아마도 세상에 남은 유일한, 우리라는 이름을 붙일 수 있는 존재에게로. 그러는 동안에도 옮겨 다니는 곳마다 그가 할 줄 아는 유일한 노동을 이어가며, 주기적으로 새로운 만남과 이별을 반복한다.

약속대로 공방 교실 시간대를 피해 다시 찾아온 미아는, 이번에도 옆에 전날 잠깐 본 남자를 동반한다. 안은 비좁고 실밥 먼지가 날리는 데다 본드 냄새가 진동하는 공방 말고 장소를 따로 잡자고 했는데 미아는 반드시 공방이어야만 한다고 주장했고, 그 전화로 안은 지난번보다 더한층 확신을 갖게 된다. 미아는 지금 자신의 남자에게 구두를 한 켤레 맞춰주려고 한다는 것을. 단순한 지인에게 고가의 구두를 지어줄 리는 없다. 지금은 이런 일을 하고 있다고, 명함을 꺼내는 미아의 두 손은 카스텔라처럼 부드럽고 깨끗해 보인다. 손목과 손가락은 팔찌와 반지에 박힌 기품 있는 보석이 은은히 반사하는 빛으로 빛난다. 더 이상 바늘을 쥐지 않음은 물론 무언가 전문적인 관리를 받는 것으로 짐작되는 손이다.

"건강하게…… 잘 지낸 것 같네."

미아가 내민 명함을 받아 만지작거리며 안은 말한다. 너는 어떤 시간을 지나쳐 왔느냐고, 지금 어디서 무엇을 하면서 살고 있느냐고 묻지 않는다. 종류가 잡다한 공산품을 취급하는 사업체의 대표라는 것만은 알겠다. 적어도 구두를 만들면서 살지는 않음이 확실하고, 안이 여기 이렇게 있는 것처럼 미아도 어떻게든 여기까지 와 있으니 그걸로 충분하다. 미아도 비슷한 생각인지, 그 옛날 서로 다른 목적지로 가는 배를 타고 헤어진 형제가 어떤 과정을 거쳐 지금은 같은 나라에서, 그것도 꽤 오래전부터 살고 있는 건지를 캐지 않는다. 다만 동반한 조카뻘의 남자를 가리키며, 이 사람의 구두를 맞춰주려고 여러 매장을 둘러보다가 마음에 차는 것이 없어서 본격적인 검색에 들어갔을 때 우연히 블로그를 발견하곤 틀림없이 안의 솜씨라는 확신에 따로 연락도 않고 들이닥쳤다고 한다. 그 직감이 맞아 다행이라고, 그러나 틀릴 거라곤 애초에 생각도 안 했다고. 보통의 사람이 보기엔 어디서나 충분한 비용만 들이면 구할 수 있는 품위 있고 깔끔한 수제화일 뿐이지만, 형제의 솜씨에는 형제만이 알아볼 수 있는 인장 같은 게 찍혀 있기라도 하다는 듯이.

한편 미아의 남자는 어리둥절한 표정으로 눈을 어디다 고정시켜야 할지 모르는 듯 공방 안의 신발과 도구들만 둘러본다. 이상스럽기도 할 것이다. 여자친구가 손을 이끄는 대로 따라왔더니 가게 하나가 전 재산인 듯한 젊은 구두장이와 친밀한 사이인 양 말을 트면, 최소한 이곳에서는 그걸 그럴듯하다고 여길 이들이 없을 것이다. 어느 명품 매장이든 부담 없이 드나들 수 있을 것처럼 보이는 미아는, 무슨 구실로 이 남자를 이런 데까지 데려왔을까. 옛날에 구두 맞췄던 가게인데 솜씨 좋더라, 같은 구차한 말로 지인이라는 지칭에 에나멜을 씌웠을까.

그나저나 미아로서는 이것이 몇 번째 바꾼 명함

인지, 종이 한 장 안에 담긴 시간을 상상해보는 일이 안은 나름대로 흥미롭다. 회사가 얼마나 잘되든 언젠가 대표는 늙고 주름진 얼굴과 거동이 불편한 몸으로 은퇴해야 하고 세상을 떠나야 하는데. 미아는 이곳에 와서 지금까지 몇 번이나 자신의 이름을 명부에서 지우고 제 모습과 좌표를 바꾸며 살아왔을까.

"다른 이야기는 차츰 나눌 기회가 있을 테고."

우리에게 넘쳐흐르다 못해 닳아 없어지지 않는 것은 시간뿐이니. 미아가 둔 작은 간격에는 그 같은 말이 생략되어 있다고 안은 느낀다.

"그러니까 이 사람한테 구두 한 켤레만 지어줘. 한 달이면 돼?"

거두절미하듯 다시 한 번 용건을 들이미는 미아에게, 이 사람은 너의 무엇이기에 구두를 맞춰주려는 것인지 묻고 싶은 걸 삼키고 안은 말한다.

"최소 6주는 걸리는데. 급해?"

형제들이 손을 모아 어둠 속에서 촛불 대신 자신들의 형형한 눈빛에만 의지하면서 하룻밤 만에도 구두를 꿰맸던 기술은 이제 안에게 남아 있지 않다. 작업하는 손의 빠르기와는 다른 문제다. 사실 그 무렵의 바느질이란 가난한 구두장이가 날마다 마름질과 피할까지 부지런히 마쳐놓은 가죽을 이어 붙임으로써 가능했던 일이기도 하다. 지금은 밤이 낮같이 밝고, 기계가 상당 부분 노동을 덜어주지만, 인간의 속성을 갖게 된 안은 예전 같은 바느질을 할 수 없을뿐더러…… 무엇보다 형제들이 곁에 없다.

"아니. 식 올릴 때까지 반년은 남았어."

이 짧은 말 속에 많은 정보가 담겨 있다. 식 올릴 때까지……. 미아, 너는 나보다 이 나라에서 산지 오래되었으니 이곳 사람들의 성향이나 선입견을 더 잘 알겠지. 우선 액면가로만 따졌을 때 이곳의 평범하고 선량하며 악의 없이 말 많은 이웃들에게는 둘이 반려라는 사실을 환영받기 어려울 듯싶은, 나이 차이가 꽤 나는 겉모습은 그렇다 치고, 실제 살아온 세월의 차이를 생각하면 너무 아득하지 않나. 우리 같은 존재가 우리 이외의 누군가를 사랑하고 가족을 이룬다는 것은, 상대방에게 못할 짓이 아닌가. 너는 정말로 그 사람과 가족이 되고 싶은가.

그렇게 묻는 대신 안은 말한다.

"생각하는 가격대는."

"상관없어."

"용도는 결혼식이고. 그러면 이러고 있을 게 아니라 오늘 치수부터 재지. 이쪽으로 오세요."

지나간 이야기를, 앞으로의 전망을 미아가 굳이 언급하지 않는다면 안도 맞춰주리라 생각하며 몸을 일으키고 고개를 까딱하자, 남자는 허락이라도 구하는 것처럼 미아의 눈치를 보다가 따라 일어난다. 가끔 부모와 함께 온 사회 초년생이 이렇게 망설거리곤 한다. 사전 합의는 됐으나 부모의 주머니 사정을 마지막으로 확인한다는 듯한 표정으로. 자신과 자신의 일에 이만한 투자 가치가 있을지 확신하지 못하는 몸짓으로.

안은 미아의 안목을 가늠하는 시선으로 브랜낙 디바이스 앞에 선 남자를 바라본다. 막상 일어서서 다가오는 자세는 조금도 위축된 모습이 아니다. 원래 좀 있는 집 자식인지 미아가 이리저리 치감고 내리감아줬는지는 모를 일인데, 갈색 계통의 글렌체크 재킷은 고지 라인이 둥글게 휘어져 있으며 피크트라펠이 살짝 위로 솟았고 가슴에는 고동색 웰트포켓이 돋보인다. 테이퍼드 핏 타입의 바지를 포함하여 어느 비스포크 하우스에서 맞춘 비접착 방식의 핸드메이드 슈트라는 사실을 짐작할 수 있다. 그 옷에 감싸인 어깨만 봐도 운동하는 사람인 건 알겠지만 전체적인 라인이 체중의 증량을 필요로 하는 격투 계통은 아닌 듯하다. 엄선된 선율의 조합으로 이루어진 먼 나라의 음악 같은 몸이다. 그러나 착장의 마무리는 허술하여, 발은 옷에 어울리지 않는 밋밋한 검정 로퍼로 끝난다. 굽이 낮고 편안하게 발볼이 늘어나 새끼발가락을 감싼 자리가 돌출되어 있으며, 토캡의 라인도 슬림하거나 샤프한 느낌과는 거리가 멀다. 물기와 염분으로 인한 군데군데 크레이터 자국에다가 스크래치도 많은, 신은 지 오래됐으며 관리도 잘 되지 않은 티가 나는 저렴한 공장제 기성화.

"여기 의자에 앉으시고, 지금 신은 구두부터 벗어서 제게 보여주세요."

남자가 머뭇거리다 그 자리에 선 채로 오른쪽

한 짝을 벗어 건네고, 안은 한 짝을 넘겨받으면서 간이 소파와 그 앞에 놓인 한 켤레의 삼선 슬리퍼를 턱으로 가리킨다.

"앉으시고, 양쪽 다요."

남자가 이제는 당혹스러움을 감추지 못하는 얼굴을 하고, 그러나 연인의 지인에게 처음 보는 자리에서 항의하기도 무엇하니 참아준다는 식으로 소파에 몸을 묻은 다음 나머지 한쪽 구두를 벗어다가 이번에는 손으로 건네지 않고 발끝으로 슬쩍 밀어놓는다. 그걸 주워 들면서 안은 비로소 자신의 말과 행동에 날이 서 있었음을 인정하고 한풀 누그러뜨리며 덧붙인다.

"제가 설명이 부족했지요. 보행 습관과 상태를 보려고 그러는 겁니다."

예상대로 안창의 가죽은 많이 삭았고 까래에 음각으로 새겨져 있었을 브랜드 로고가 계속된 하중으로 인해 편평해지다시피 하여 거의 지워져 있다. 구두를 뒤집어보니 톱 피스를 제때 갈지 않아서 굽을 통째로 교체해야 할 정도다. 제 발에 익었다 싶으면 주야장천 한 켤레만 떨어질 때까지 신는 착용 습관의 결과다. 다리를 저는 것 같지 않고 운동을 꾸준히 하는 듯하며 바른 자세로 보행하는데도 유난히 왼쪽 굽이 닳았음이 눈에 띄는데, 이 정도로 양쪽 다 굽이 상해서야 비교가 무의미하나 보편적인 일상생활에 의해서만 이렇게 된 게 아니라 그의 발에는 질병이 있는 것 같다. 구체적으로는 발의 형태가 망가졌을 것이다. 그런데도 자리에서 일어나 다가오는 걸음걸이는 그 몇 발자국만으로도 알 수 있을 만큼 우아하고 똑바르다니.

남자의 세부 데이터를 뽑기 위해 안은 차트를 펼친다.

"성함을."

"유진."

미아의 남자는 고객의 입장에다 미아를 대동하고 나타난 자신이 우위를 점하고 있다는 듯한 미소를 머금고 짧게 대답한다.

"나이는, 말씀하시기 싫으면 안 하셔도 됩니다만 도미넌트 컬러를 정한다든지 하여간 스타일에 참고할까 해서 그러는데 40대 초반으로 임의 기입해도 되겠습니까."

"예 뭐, 정확하십니다. 만으로 마흔하나."

사람의 나이 마흔 살이면 앞으로 큰 탈이 없는 한 미아 옆에서 30년은 살아갈 수 있겠지. 안과 미아가 그의 형제들과 함께 물질적인 의미에서의 몸을 다 갖춰 입었다고 느낀 무렵, 평범한 사람의 평균 수명은 꼭 지금 이 사람의 나이 정도 되었을 것이다. 안은 연필과 방안지를 가져온다.

"그러면 이제 사이즈 잴 거니까요."

안이 목 뒤에 줄자를 걸치고 다가오자 유진은 가능한 한 이 공간에서 서둘러 벗어나고 싶은 듯이 몸을 일으킨다.

"그대로 앉아 계세요."

"앉아서 그려요? 발 사이즈를 재는데?"

"앉아서 한 번, 일어나서 한 번 그리고 세부 치수는 브랜낙 디바이스로도 따로 잴 겁니다. 앉았다 일어났다 하는 건 발에 실리는 체중에 따라 사이즈의 변화가 어느 정도인지 알기 위해서고요, 아치도 만져봐야 하니까 뭐든 간에 제가 일어나라고 할 때까지 가만있으라고요."

안은 미아를 둘러싼 모든 요소가 마음에 들지

않는다는 것은 접어두고 직업적인 루틴을 수행할 뿐이지만, 보통의 소비자가 이렇게 어깨를 떠밀어 앉히는 듯한 어조의 설명을 듣고서 가만히 있을 리 없다.

"나 참, 이거 뭐. 대표님, 저는 도저히 이런 분위기랑은 좀."

유진은 자신이 연인 앞에서 이런 홀대 비슷한 걸 받아도 되는지에 대해 명백한 의심을 품은 눈길로 미아를 돌아보는데, 미아는 미소 지으면서도 정색의 어조로 말한다.

"응? 됐으니까 얜이 시키는 대로 해. 평생 구두만 만들어온 애야."

"예? 아니 무슨 평생 같은 말씀을."

유진은 안의 얼굴을 홀끔거리며 반문할 듯하다가, 미아가 그렇게 말하니 별수 없다는 듯 소파에 몸을 깊게 묻고 배타적인 표정을 유지한 채, 안이 펼쳐놓은 방안지에 두 발을 올린다. 보통 사람은 이해하기 어려울 만도 한 것이, 열 살 어린이도 자신의 지나온 10년이 평생이기는 하나, 어떤 장인이 평생 한길만 걸었다고 할 적에는 적어도 환갑을 넘긴 숙련자 내지는 대대로 가업을 이어오는 자에게 어울리는 무거운 말이라는 인식이 있으니.

안은 그 앞에 한쪽 무릎을 꿇고 앉아서 양쪽 발의 가장자리를 따라 빠르게 연필로 그어나간다. 그런 다음 줄자로 발허리 둘레를 잰다. 손에 닿는 아치는 보통보다 깊은 편. 양말 신은 발을 눈으로만 보아도 상태가 그리 좋지 않다는 건 알지만 곳곳에 미세하게 뒤틀린 뼈마디나 뭉그러진 발톱이나 상한 채 그대로 굳은살로 박인 자리들을 촉각으로는 더 선명하게 알 수 있다.

"혹시 무용 같은 거 하십니까? 발레나 뭐나."

상대방이 순간 움찔하는 것이 손 안에서 느껴지나 그 움직임에 불쾌나 경계의 의미가 깃들지는 않는다. 놀랄 일도 아닌 것이, 고객의 발을 보거나 심지어 만지고서도 그의 직업을…… 최소한 질병을 근사치로 알아맞히지 못하는 구두장이는 없다. 작게는 내향성 발톱이나 무지외반증부터 추상족지증에다가 척추측만증과 디스크는 물론 당뇨병까지.

"어쩐지. 그냥 앉아만 계신데도 자세가 일반인

하고는 조금 달라서요. 라인도 그렇고."

그 전까지 긴장과 의혹으로 뭉쳐 있던 근육이 비로소 부드러워지고 뒤엉킨 전선 같던 혈관과 신경이 약간의 호의와 함께 한층 안정적으로 정돈되어가는 움직임을, 안은 알 수 있다.

"이 정도면 평소에는 운동화나 에스파드리유 같은 걸 주로 신을 테고, 새 구두를 사기가 약간 겁날 순 있겠네요."

"익숙해지기까지 시간이 걸리니까요, 아무래도. 그러다 보면 안 신게 되고요."

유진의 말에 미아가 거든다.

"그러게. 오늘만 해도 딱히 집에 구두가 없어서 그런 걸 신고 나온 게 아니거든. 내가 오죽하면 너를 찾아왔겠니."

그래 봤자 이 남자에게 구두를 맞춰주자고 생각한 게 먼저였을 뿐, 형제가 진작 이 나라까지 쫓아와 눈 닿지 않는 곳에서 살고 있다는 사실을 몰랐을뿐더러 알아보려 할 생각도 없었으면서. 어느 곳에서 누구를 만나고 함께 머물더라도 언제나 마음속에 보랏빛 멍처럼 물든 형제의 존재를 그리워하거나 염려하거나 초조해하는 일들은 모두 안 혼자만의 몫이었을지도 모른다. 그러나 유진 앞에서 그런 이야기를 나누기는 적절하지 않으니 안은 말을 돌린다.

"연미복은 정하셨습니까."

"예?"

"결혼식 때 신을 거라면 아무래도 새들 옥스퍼드는 튈 거고요. 연미복 색깔에 따라 구두를 지어야 하니까요. 흰색, 검은색, 감색 중에 어느 계통으로 입으실 예정입니까. 갈색은 아닐 거고."

"어, 그게 실은요."

유진은 고개 돌리더니 무엇이든 괜찮으니까 원하는 대로 요청하라는 듯 어깨를 으쓱해 보이는 미아와 미소를 교환한다. 시선으로 몸짓으로 분위기로 의사소통이 가능한 사이. 그런 것은 우리라는 특별한 존재들, 그중에서도 형제들만의 것이었다는 생각과 함께 안은 그들 사이의 편안하면서도 견고한 연결고리를 외면한다.

"따로 요청하지 않으셔도 당연히 식뿐만 아니라 일상생활에서도 어색하지 않게 신을 수 있는 걸로 지어드립니다."

"그 정도를 바라는 게 아닙니다. 우선 연미복은
입지 않아요. 가까운 친구들끼리 가든파티 형식으
로 할 거라서."

"그렇다면 말씀해보십시오. 제 선에서 가능한
리퀘스트라면."

"제 일을 알아맞히셨으니 이야기가 빠르겠지
요. 일상생활은 물론 춤을 출 때도 신을 수 있는 거
였으면 좋겠습니다."

"탭댄스…… 같은 거라고 한다면 톱 피스에 징
을 박아야 하니까 일상용으론 아니고, 볼룸댄스라
고 해도 댄스 슈즈는 따로 신는 게 낫지요. 무게나
바닥 미끄러지는 것도 그렇고 저부의 휘어지는 정
도 자체가 달라서요."

"아니, 금방 말씀하셔놓고. 발레입니다."

세상 어느 장인이 심혈을 기울여 신은 듯 안 신
은 듯 편안한 구두를 만든대도 발레까지 하기는 좀
어렵지 싶다. 안과 미아는 형제들과 함께했던 세월
동안 수많은 모양과 용도와 재질과 무게의 구두를
지었지만 거기에 발레화는 들어 있지 않았다.

"토슈즈는 전문가를 찾아보시죠."

"말이 발레인데 일반적인 현대무용 정도 생각하시면 되고요, 클래식발레에서도 그 발가락 세워주는 신은 대체로 여성이 신는 거라 저한테는 필요 없어요."

안이 바다를 건너오기 전 가까이서 보았던 춤이라는 건, 주점에서 사람들이 취기에 흥이 돋아 바위를 점령하고 법석을 피우거나 다 같이 일상과 함께 제정신을 놓기로 약속한 농민과 시민의 축제 내지는 하룻밤의 인연을 찾기 위한 몸부림 같은 것으로, 예술이니 미학이니를 강조하는 무대 공연과는 인연이 없었으므로 유진의 요청이 난해하게 느껴지지만, 어쨌거나 구름을 따와서 지은 듯 가볍고 맨발처럼 편안했으면 좋겠다는 의도만은 이해했다.

그처럼 비현실적인 의뢰를 완수하기 위해서는, 필수가 아니더라도 유진이 하는 일을 옆에서 한 번은 봐두는 게 좋을 것이다.

미아는 이 나라에 오고 나서 여섯 번째로 모습을 바꾸어 살고 있다. 처음 와서는 선교사들을 비롯한 백인들이 운영하는 큰 병원에서 침구류 세탁과 청소 등 잡일을 하고, 그곳을 떠난 뒤에는 식품 공장에서 일하기도 하며, 자석식 전화를 연결해주는 교환수도 했다가, 작은 건설 회사를 옮겨 다니며 사무도 봤다. 주어진 시간은 아마도 무한하고 건강한 몸으로 할 수 있는 일은 무수하며 어디서 무엇을 하든 그것이 구두를 만드는 일만 아니라면 미아는 참을 수 있다. 딱히 구두가 싫어서는 아니며 다만 그것을 할 줄 안다는 이유로 너무 오래 했다. 자신의 몸이 가죽에 흡수되어버렸거나 바늘과 한몸이 됐거나 혈관에 왁스가 떠다니는 듯한 감각에서 벗어나기를 바랐다. 어째서 자신들은 언제 어떻게 태어났는지도 모르게 태어난 순간부터 구두를 지을 줄 알았는지, 그 이유와 원리를 모르기에 견디기 어려웠을 뿐이다.

어느 나라에서건 사람들 사이에서 무사히, 크게 박해받지 않고 안전하게 살아가려면 너무 젊고 아름다운 얼굴이어선 안 되며 그것은 형제들과 지냈던 시절도 마찬가지여서, 얀과 둘만 남았던 시절에는 노년의 어머니와 아들 일행인 것처럼 꾸미고 다닌 적도 있다. 그렇다고 너무 늙은 여성으로 살아가기에도 세상은 만만치 않은데, 인생 경험이 많을 거라고 존경받기보다는 주로 생존을 위한 노동에서 배제되는 수가 많아서다. 그러던 중 얀과 헤어져 다다른 이 나라에서는 어느 공장이나 버스 회사나 가릴 거 없이 산업 전반에서 싼값에 고용했다 내칠 수 있는 젊은 여자의 수요가 많은 것 같았는데, 가만 지켜보는 동안 자잘하게 힘쓰는 일, 큰일을 밑에서 떠받치는 일, 무언가를 생산하여 구체적인 가치를 만들어내는 일, 고되지만 그 중요성을 인정받지 못하며 그늘에 가려지거나 지워지는 일들의 상당 부분이 아주머니라고 불리는 여인들에게 맡겨진다는 사실을 알게 된다. 아주머니는 철저히 멸시당하는 동시에 그 멸시의 원인 가운데 하나로 간주되는 그악스러움이 생명력을 상징하기도 하는, 아이러니하면서도 대상화된 존재로, 그런 취급과 인식이 그리 새롭지는 않다. 사람들이 통틀어 옛날이야기라고 부르는 전설이나 신화, 민담에는 그런 이들 천지다. 저주와 천대와 박해를 받지만 사실은 유능하거나 은밀한 축복을 받은 이들이, 잘난 척하다 곤경에 빠진 친인척을 구해내고 기운 집안의 부를 일구거나 마을을 구한다. 미아는 형제들과 세상을 거닐 적에 그런 인간들을 비롯하여 그런 인간들을 부리고 버리는 인간들을 숱하게 만나보았으며, 그들에게서 삶의 대처방식을…… 무엇보다 인간의 바닥을 배웠다.

그리하여 미아는 껍질을 조금씩 바꾸면서도 웬만하면 꾸준히 아주머니의 모습을 간직하고 살아가기로 한다. 함께 일하고 먹을거리를 나누던 사람들이, 어떻게 저 여인의 모습은 처음 만난 그대로냐며 신기하게 여길 때쯤 고향에 내려가기로 했다든지 병들었다든지 핑계를 대고 살던 터전을 정리한 뒤 길을 떠나기를, 10년 내지 15년 간격으로 반복한다. 도착한 도시에서 마음이 맞는 사람도 간혹 있지만 결코 그들과 한집에서 살지 않고 누군가와 가족을 이루지도 않으며 적절한 때를 보아 결별한다. 결별이 쉽지 않을 것 같으면 야반도주를 하고 스스로 행방불명이 되기를 선택한다.

그러던 중 소소히 꾸려가던 작은 식당 하나를, 목이 괜찮다며 한 복부인이 사간다. 미아는 무엇을 하든 그 자리에서 오랜 세월 머물지 않고 옮겨다닐 생각이었으므로 적당한 선에서 팔아넘긴다. 그런 식으로 몇 번을 사고파는 동안 미아로서는 이해 불가능한 셈법에 따라 재산이 불어났고, 미아는 몇 차례 거래를 통해 그 불가능에 익숙해지며 이익에 눈이 밝아진다. 한편 식당 일을 하다 느낀 불편을 기록하고 이를 개선하기 위해 소소한 주방용품을 만들어 팔았더니 어느새 소규모 사업체가 되어 있다. 사업체의 몸집이 커질 무렵에는 제조를 위해 중국의 공장과 협력 관계를 튼다. 다른 업체에서 아이디어만 따간 카피 상품이 쏟아져 나오고, 미아는 자신의 물건이나 설계도에 특허를 낸다는 것을 배우고 때로 법정 공방을 벌이며 지쳐간다. 거기에서 그치지 않고 1인 가구와 핵가족의 변해가는 라이프 스타일에 맞추어 제습제와 천연 세제 등 에코 리빙 품목 개발에 손대기 시작한다. 주부 잡지에서 성공한 여사장을 취재하러 온다.

사람들이 일컫는 성공이라는 기준이 의아하기도 하고 전염성 있는 매체에 지목되는 것이 당황스럽지만 미아는 이제 될 대로 되라는 마음으로 취재에 응한다. 미아는 세상의 형태와 구조가 폭격이나 난도질의 방식으로 격변하는 데에 이골이 나 있으며 환경과 여건이 자신의 목을 죄어와도 예전처럼 두렵지 않다. 인터넷이 자신의 사진을 사방에 퍼뜨리는 속도와 양상에 기가 질리지만 얼굴과 이름은 언제든 바꾸면 그뿐, 기술과 전산의 광기 어린 발전에 따라 위조된 신분을 취득하는 과정이 예전보다는 정밀해지고 까다로워졌으나 불가능하지는 않다. 자기 자신이 유동체에 다름 아니며 수많은 불가능이 인간의 지성과 발견에 따라 가능으로 바뀌어온 것을 지켜본 삶이었으므로, 웬만한 변화에는 무디어지고 뜻밖의 일이라는 것도 없어진다. 지금의 사람들에게 있을 수 없는 일이란, 하늘을 나는 기계나 보이지 않는 미생물 세균이나 컴퓨터의 연산 같은 게 아니라, 미아와 같은 존재들이다. 사람들은 주로 그림책과 영화, 애니메이션 속에다가 미아와 같은 존재들을 상상으로 박제해둔다. 아름답거나 혹은 임팩트 있는 외모에 이 세상 감각이 아닌 것 같은 옷을 입히고 때론 날개를 달아주면서.

어쨌거나 화염과 총칼이 일상의 일부였던 때도 있고, 도처에 기아와 병사가 만성적이었던 때도 있으나, 지금은 과학과 의학이 발달한 덕분에 설령 예전과 같은 수준과 규모로 페스트가 창궐하더라도 의료적 대응 내지 해결 방안이라는 게 있으며, 이성의 힘 덕분에 상징과 은유로서 외에는 마녀사냥이며 단두대가 존재하지 않는다. 최소한 생명에 대한 직접적이고도 원시적인 위협은 줄어들었다고 볼 수 있다. 이런 환경에서 두세 번의 인터뷰나 대학교의 취업 및 창업 강연에 기업체의 자기계발 연수 정도, 자신의 사업 경험을 사람들에게 반복하여 들려주는 일을 굳이 꺼릴 필요 없다. 적당히 키운 뒤 직원들 가운데 믿을 만한 사람에게 회사 경영권을 팔고 떠나면 그만이다.

막상 취재에 응하자 인터뷰어들은 미아의 가족 사항부터 캐려 하고, 미아가 혼자라는 걸 알자 실망한다. 주로 주부들이 쓰는 물건을 만드는 만큼 그들에게 어필할 만한 서사가 있어야 한다는 것이다. 다음 호 잡지에 공개된 기사에서 미아에게 임의의 출신지가 설정되어 있다. 미아는 검정고시 출신으로 고졸 학력을 채웠으며 유년기부터 지속된 가난과 젊은 날의 이혼을 극복한 사람이 되어 있다. 거짓이 들통나면 어쩌나 같은 고민은 일주일을 넘기지 않는다. '틈새시장을 노린 주부의 견실한 중소기업' 정도의 캡션을 달고 나간 자신의 사진은 어차피 새로 등장하는 유명하고 유능한 사람들의 사진에 밀려날 테고, 지금까지 세상이 변해온 규모나 템포를 보면 앞으로 벌어질 일들에 대해 뭐라도 짐작하거나 대비한들 무용할 터다.

어느 날 제조공장 한 군데서 발생한 화재 수습과 보험 처리를 위해 몇 날 전화를 붙들고 살면서 뜬눈으로 밤을 지새우다가 암체어에 앉아 뒷목을 잡던 무렵, 경리과 막내 직원이 그걸 보곤 대표님 어깨와 허리가 뻐근하실 만도 하다며, 자신이 예전에 다니던 직장인 발레 교실을 권했을 때 미아는 마시던 커피를 모니터에 뿜는다. 장노년에 접어들어 요가를 배우기 시작하는 남녀는 종종 있지만 그들은 각종 질병의 후유증 관리와 최소한의 신체 활력 보존 내지 심신 수양 목적으로 선택했을 테고, 발레는 얘기가 좀 다르지 않나. 이 나이 먹고 레오타드라니, 토슈즈라니. 막내는 요즘의 취미 발레란 예전처럼 대단한 예술 작품 공연을 위한 게 아니라 요가와 마찬가지로 유연성과 근력 유지 및 체형 교정을 위해 하는 거라고 알려준다. 기초부터 본격적으로 배워서 무대에 오르려는 어린이, 예고 입시를 준비하는 청소년들이 몸에 들러붙는 레오타드와 튀튀를 입을 뿐 성인 취미반의 착장은 고리 타이츠와 워머 정도로 그렇게까지 풀

세트로 갖춰 입고 임하지 않으며 웬만한 숙련자나 되어야 토를 신기 시작하는데 그 단계까지 가는 사람이 많지 않다고. 막내는 자기가 다닐 때도 연세 드신 여성분들이 두세 명 있었는데 대표님은 그보다 한참 젊어 보이신다고 추어올리기를 잊지 않는다.

그 대표님의 알맹이가 실은 5백 년 이상, 5천 년일지도 모른다는 걸 막내가 알면 어떻게 될까 하고 미아는 마음속으로 실소하며, 어쨌거나 미아에게는 무언가를 시작하기에 너무 늦은 나이라는 개념이 없으니 예의 발레 교실이라는 곳에 한 달만 시험 삼아 등록해본다. 첫 상담 때 의상에 대해 묻자, 자세와 라인 교정을 위해 되도록 속옷을 착용하지 않고 레오타드 입기를 권장하나 그것을 의무화했을 경우 남성 회원들과 중장년에게 진입장벽이 생겨서 일반 타이츠 타입의 트레이닝복도 괜찮다는 이야기를 듣고 안심한다. 그런데 등록 후 며칠 동안 숨 쉬기를 하고 똑바로 서 있는 것에 중점을 맞추자 조금 지루해진다. 다리를 찢는 것까지는 그런대로 해내서 유연성을 칭찬받았지만, 턴아

웃과 플리에를 지나 탕뒤를 거쳐 데가제에 이르자 미아는 이미 지쳐버린다. 반복되는 앙 되 트루아! 만 듣고도 벌써 집에 가고 싶다. 도대체가 낯간지럽다. 천 년, 2천 년을 살았더라도 미아는 그전에 이런 여흥을 누릴 수 있는 계층이었던 적이 없다.

성인 취미반은 가끔 보조 강사가 담당한다. 상담 예약 때 그 남자가 전화를 받았으므로 미아는 막연히 원장이려니 했는데 그는 원장도, 그 남편도 아니며 단지 원장의 학교 후배로 파트타임 강사인 유진이었다. 유진을 공동 원장으로 하지 않은 주된 이유는 가족이 아니라서 그렇기도 하지만, 어느 권위 있는 단체의 인가라도 받은 아카데미가 아닌 동네 교습소의 어린이반을 남자 원장이 전담한다고 하면 태권도 학원과는 달리 학부모들이 낯설어하기 때문이라고 한다.

발레 학원에서 보조 강사, 방송 연예와 무대 공연 분야 인력을 전문으로 육성하는 2년제 대학교에서는 시간강사로 일하면서 근근이 사는 정도이나, 한때 유진은 국내에서는 솔리스트까지 올라가보았고 유럽 모처의 발레단 객원이 되었을 때는 1년에 최소 40여 차례의 공연을 소화했다고 한다. 그러나 객원으로서는 변변히 두각을 드러내지 못하고 나이 들어가면서 초조해지던 때, 부상당한 고관절과 무릎 인대가 좀체 회복되지 않는 동안 기량은 확연히 떨어지기만 하여 귀국을 선택할 수밖에 없었다고 한다. 그야말로 종목만 좀 바뀌가면서 아무 스포츠나 예술 분야에 갖다 얹어도 유사 사례를 얼마든지 발견할 수 있는, 보편적인 패턴이다. 극소수만이 정상에 도달할 기회와 권리를 획득하며 그 이하로는 빠르게 부정과 망각의 대상이 되는.

어쨌거나 은퇴한 중년의 남성 무용수는 학부모들에게 선호되는 편이 아니어서 어린이 발레나 직장인 취미 발레, 다이어트 발레 등 다양한 이름을 걸고 개인 레슨이나 교습소를 본인 단독으로 열기 어렵고, 대개는 같은 직업을 가진 부인과 공동 원장 체제를 갖추어서 일반인에게 다가간다. 대학교의 무용 전공 정교수 내지는 그 분야의 톱으로 권위 있는 네임드의 경우 정확한 상승 욕망을 가진 성인 제자들과 기성 무용수들을 상대로 사사하거나 크고 작은 무대 공연을 감독하는데, 모두가 그런 자리를 확보하지는 못한다. 어떤 이들은 개인 교습소로 남성 발레 회원 모집이 어렵다 보니 면역력과 체력 강화를 내세운 퍼스널트레이닝 쪽으로 전향하기도 한다고. 유진이 지금 대학교에서 시간제로 하는 일은 학생들의 일대일 레슨이 아니라 학생들이 올릴 공연의 안무 방향을 제시하거나 기존 무대의 주제 해석을 돕는 강의로, 예술 집단에서 흔히 떠올릴 수 있는 사제 관계를 형성하거나 권력을 누릴 만한 자리는 아닌 것 같다. 시간강사의 수비 범위를 넘어서는 일은 할 수 없고 전공도 정통 무용이라 아무래도 무대공연연출학과에서는 외부인 느낌이 든다고. 변화하는 미디어 문화와 시대에 맞는 학과가 생겨나고 그것을 커리큘럼이 따라가는데, 사방에서 아무거나 갖다 붙일 수 있는 대로 융복합을 하라고 하니 이런저런 특성의 전공을 합쳐 학과 이름만 길어지는 수가 많아서 유진은 자신이 일하는 학과가 무대공연연출학과인지 글로벌공연예술미디어학과인지도 가끔 기억 나지 않는다고 말하며 웃는다.

뭐, 잘된 일이죠. 어차피 몸 쓰기도 어렵고 이제
는 써봤자 삐걱거리니까요. 무대에 다시 오를 일
이 없고 무대에 오를 아이들의 동작을 다듬어주는
정도면 됩니다.

그나마 자신은 경력도 괜찮고 운이 나쁘지 않은
편이며, 몇 명 안 되는 동기들 가운데 누구는 재학
중 큰 사고를 당해서 여덟 살 때부터 시작한 무용
을 내려놓고 학교를 떠난 뒤 재활하여 펜션을 운
영하고 있다고, 누구는 안전하게 무난히 활동하긴
했으나 두드러진 적 또한 없어서 국립발레단에 입
단한 뒤 코르드발레 위의 드미솔리스트로 승급해
보지 못한 채 군무만 추다가 접었다고, 취업 활동
을 한 것도 아니라 애매한 나이로 이도저도 안 된
끝에 지금은 독서실에서 총무를 하면서 9급 공무
원 시험 준비 중이라고, 누구는 발들일 틈 없는 클
래식발레 대신 대안적 실험적인 창작발레집단을
만들어서 나름 보람을 찾는 듯했으나 매해 국가
지원 사업을 따내도 늘 부족한 예산과 운영 능력
을 절감하며 스폰서를 구하러 다니는 데에 시간과
기력을 빼앗기고 단원들 대부분이 아르바이트와

의 병행에 치이다 떨어져 나가는 모습을 속수무책으로 바라보던 끝에 그 자신도 건강을 해쳐서 이른 나이에 이미 이 세상 사람이 아니고…… 같은 일들을 생각하면 그나마 전공 살려서 하는 데까지 해보고 지금도 업계에 발을 걸쳐놓은 사람은 동기들 가운데 자기뿐이라고, 그것만으로도 후회는 없다고 말하는 유진의 미소는 위악적일 만큼 개운해 보인다.

물론 다른 이들의 불운을 열거해야만 자신의 행운을 확인할 수 있다는 건 아닙니다. 그 친구들은 나름대로의 삶을 찾았고, 펜션을 운영하거나 9급 공무원으로 살아가는 것이 저보다는 훨씬 안정적일 겁니다. 다만 제가 말씀드리고 싶었던 건 갈채를 받으며 무대에서 퇴장할 수 있는 인원은 한정되어 있고, 저는 그중 하나가 아니었을 뿐이라는 현실입니다. 철저한 배경으로서만 존재하다가 소실점 너머로 사라진 다른 수많은 이들과 마찬가지로요. 간혹 은사님들이 저더러, 늙어서 이룬 거 하나 없이 이게 뭐냐고 하시더군요. 그분들 덕에 강사 자리는 얻었으니 아무 소리 안 하고 웃어넘기지만, 참 쓸데없지요.

　그로부터 얼마 뒤, 미아는 유진과 저녁 식사를 함께 한다. 식사를 마칠 무렵 눈이 내리기 시작한다. 유진의 원룸에 가는 길을 따라 두 사람은 근린공원을 가로지른다. 미아가 유진의 팔에 손을 뻗을까 말까 망설일 때 그가 앞으로 미끄러지듯 나아간다. 하얀 가로등 불빛이 그의 머리에 쏟아지면서 눈발과 구분이 되지 않는다. 따단 따단 따단 따단 따단 따다다다단. 그의 입술 사이에서, 머리에 인이 박였을 〈백조의 호수〉의 선율 가운데 일부가 흘러나온다. 그리고 연속 더블 카브리올 드방. 세미 정장에 구두를 신기도 했거니와 장소는 눈이 쌓이기 시작한 공원 흙바닥이니 확실히 비거리나 높이나 현역 춤꾼의 그것은 아니다. 그런데도 이미 배어버려 다리와 발끝을 떠나지 못하는 도약의 자세가, 미아 앞에 펼쳐진 풍경을 가득 채운다. 그가 보내온 시간의 의미와 이유가 바로 그 찰나의 도약에 있는 것 같다. 가볍고 심상한 몸짓에서 위태로움과 쾌감이 심지에 도달한 불꽃처럼 터져 나오고, 천 년을 살았어도 깊게 느껴본 적 없던 격정의 포말이 미아를 덮쳐온다.

그때 문득 미아는, 구태의연한 행동이지만 제 눈을 믿지 못해 두어 번 비비고 전면을 응시한다. 밤공기 속에서 그의 발이 닿은 자리마다 음표가 만개하며, 그 위에 올라탄 작은 존재들이 보인다. 미아가 오랫동안 못 보아 어느새 잊었던 미립자에 가까운 존재들, 포화에 사그라지고 환한 전깃불에 스며들거나 문명의 소음에 부서졌으리라 짐작하며 기억의 갈피에 접어두었던 이들이 새삼 나타나서는 탄금하듯 음표 위를 뛰어다니며 스타카토의 일부가 된다.

어둠 속에서 반짝이는 금속성의 빛. 존재들이 자기 키의 반쯤 되는 바늘을 들고 춤추듯 흐르듯 거니는 동안 창틈으로 스미는 달빛이 바늘귀에 부딪친다. 형태와 그림자 없는 몸, 자연에 무심히 던져졌으나 우연 또는 필연으로 자연과 닮은 몸, 자연을 응축했으나 어떤 목표 내지 의지를 갖지 않은 몸, 기실 몸이라고 부를 수 없는 몸을 가진 존재들이다. 그러니 바늘은 그들의 몸에 과부하를 걸지 못하며, 그들이 빠르게 밑창과 중창을 꿰매어 나가자 여명이 밝아오기 전에 한 켤레의 구두가 완성된다.

하룻밤의 바느질이라면 그들에게 익숙하다. 하룻밤보다도 한순간에 가까운 바느질이다. 그들은 오랜 옛날부터 가죽을 엮어 군인들의 칼세우스를 지었고, 코르크 굽의 높이가 한 뼘도 넘는 초핀을, 앞코가 기다란 풀렌을 지었다. 그것이 어떤 형태라도, 목적에 맞는 가죽과 바늘만 있다면 만들 수 있다. 불씨 한 점 없는 얼음 같은 방에서, 그들은 낮에 구두장이가 마름질해둔 가죽을 자신들이 아는 방식대로 또는 구두장이가 거칠게 그려놓은 그림대로 이어나간다. 그 행위에 변덕이나 재미나 유희 같은 이유를 부여할 수도 있으나 실은 애초에 이유라 할 것이 없다. 세상 어떤 다른 모습도 아닌 바로 이 모습과 이 속성으로 존재하기에 그들은 구두를 지을 뿐 다른 일은 할 줄 모른다. 밤을 도와 흙을 고르고 다지고 싹을 돋아나게 하는 존재들이 그것만을 할 줄 아는 것처럼, 신이 다만 자신들의 자리를 결정하셨으리라 믿을 뿐 그 많은 일들 가운데 어째서 이것인지는 의문을 품지 않는다.

어디까지나 그들이 물과도 흙과도 불과도 바람

과도 꼭 같지 않으며 동시에 그 모두를 닮았던, 만유의 맥박과 함께 뛰며 영원을 담은 그 어떤 존재였을 적의 일이다.

가난한 구두장이 부부는 생각했던 그림 이상으로 아름답고 정교하게 완성되어 작업대에 놓인 구두를 보고 어리둥절해 하다가 다음으로 두려워했으나 이윽고 공기 중에 특별하고 선량한 벗이 있다는 결론을 내린 뒤 고단한 일상에 그들을 보내주신 신께 감사 기도를 올린다. 아름다운 구두를 보고 사람들의 주문이 늘어나며, 부부가 구두를 짓기 위해 마름질해둔 가죽은 두 장에서 네 장으로, 네 장에서 여덟 장으로 늘어난다. 마침내 하룻밤에 열여섯 장의 가죽이 마름질되어 있어도 그것들은 다음 날 새벽이면 여덟 켤레의 구두로 바뀌어 있다. 이어 붙인 가죽에 반짝이는 아일릿을 달고 질 좋은 끈을 꿰며 금속 장식을 붙이고 스트랩으로 발등을 감싸는 동안, 시간과 물리의 비례 법칙에서 벗어난 존재들은 힘든 줄도 모르고 지치지도 않는다. 그렇게 한 달이 지나고, 구두장이의 집에 훈김이 감돈다. 못 보던 살림살이가 늘어난다.

어둠 속에서도 식별 가능한 변화가 있다. 그들 부부는 말라비틀어져 딱딱하게 굳은 빵이 아니라 구운 지 오래되지 않은 촉촉하고 따뜻한 빵을 먹게 된 모양으로, 가죽 냄새뿐이던 집 안에 빵 냄새가 풍기기까지 한다. 구두장이는 길드에 정식으로 가입된 기쁨을 아내와 나눈다.

어느 날 밤, 존재들은 작업대 위에서 여느 때와 같은 바늘과 가죽이 아니라 갓 지은 듯한 옷과 구두를 여러 벌 발견한다. 그 옷과 구두는 그들의 인원뿐 아니라 각각의 몸에 맞추어져 있다. 마침 때는 한겨울 밤이다. 인간들과 꼭 같은 추위와 고통을 느끼지는 않으나 이것이 자신들을 위한 선물임을 알게 되어 그들은 한 벌씩 나누어 입고 신는다. 얼음과 서리, 그리고 강풍이 전하는 묵직한 자극이 줄어드는 신비가 그들의 몸을 감싼다. 인간들에게 그들의 존재가 신비이듯 그들에게는 인간이 만든 물건이 실제로 어떤 역할을 하는지 알게 되는 경험이 낯설고 불가해하다. 사람이 만들어준 옷을 입고 증여와 보답, 이익과 대가라는 삶의 보편 양식을 채용한 순간, 그들의 마음속에서 오랜 세월 당연하게만 여겨졌던 업이, 어쩌면 업보다는 호흡에 가까웠던 무엇이 조금씩 뒤틀린다. 언제부터 신이 자신들을 이 자리 이 일에 배치한 것인지, 또한 그것이 정말로 신이 원하는 바였는지 가슴속에 의문이 깃든다. 급기야는 존재들의 존재 의미란 신이 인간에게 무상으로 지급하는 선물인지, 아니면 신의 역사와 구원을 내다보는 투자인지 그런 데까지도 생각이 미치면서, 인간의 옷을 입은 대신 존재로서의 몸이 벗어지는 것을 느낀다. 그들은 바늘을 내려놓고 노래 부르며 구두장이 부부의 집을 떠난다. 그들 세계의 전부였던, 그들을 둘러싸고 있던 운명에 파열음이 생긴다. 다만 우리들, 다만 형제들이라고 부르며 간혹 편의에 따라 첫째 둘째 서수로만 매긴 존재들에게, 서로를 부르기에 적당한 이름을 붙인다. 그전까지는 늘 하나처럼 무리를 이루어 다녔으므로 이름이 필요 없었으나, 도톰하고 질기며 보기에도 좋은 옷을 입고 지내는 동안 그들에게는 물질적 의미에서의 몸이라는 것이 구현되고, 그전까지 구별되지 않았던 성적인 특징이 나타나며, 몸의 발생과 함께 마땅히 그러한 자연의 약속이나 되듯 욕망과 호기심이 솟아난다. 형제들이라는 견고하고 안전한 울타리 너머 타인들과의 관계가 형성되고, 호의와 적의를 분별할 줄 알게 된다. 함께 유일했던 마음이 한 기둥에서 뻗어 나온 나뭇가지들처럼 갈라진다. 발길 닿는 대로 가고 싶은 곳이 저마다 달라진다. 물과도 흙과도 불과도 바람과도 닮지 않았으면서 동시에 그 모든 것만 같았던 존재들은 원래의 특성이 조금씩 지워지면서 천천히 인간이 되어간다. 키가 자라고 만질 수도 있고 저마다의 몸에 품었던 묘향은 극히 일부만 남은 채 개인적 특성을 지닌 냄새를 풍기며, 무엇보다 부를 수 있는 이름을 가지고, 이름으로 존재를 규정함으로써 원래의 존재가 내포하고 있던 수만의 속성이 축약된다는 생각에는 미처 이르지 못한 채, 실재와 환영이 뒤섞인 길을 떠난다. 세상의 물결에 속해 흐를 수 있고 가끔 머물러야 할 곳이라면 고일 수 있을지도 모른다는 반딧불이만 한 믿음을 갖고. 그렇게 언젠가 환영이 실재에 압살당할 때까지.

전화했던 사람인데요…… 라는 말로 인사를 대신하며 살짝 뒤뚱거리는 걸음으로 들어선 노부인은 입구에 잠깐 멈추더니 여남은 켤레의 구두를 둘러본다. 입구와 쇼윈도 쪽으로 전시된 구두들은 가격표는 붙어 있지 않지만 일대일 주문 제작이 아닌 표준 사이즈에 맞추어 제작한 수제화로 상대적으로 저렴하고, 최고의 착화감에 집착하지 않는 고객이 발에 맞고 맘에 맞는다면 얼마든지 구입할 수 있는 제품들이다. 노부인은 허리를 깊이 숙이고 먼지 한 톨 없이 관리된 각각의 구두와 그 광택을 음미라도 할 것처럼 들여다보다가, 안이 도구를 내려놓고 정리하는 금속성을 듣고 가게 안쪽으로 들어온다.

"가죽 냄새가 좋네요."

가죽 냄새를 맡으려고 그렇게 코를 들이대고 내려다본 건지, 어찌 반응해야 할지 모르겠어서 안은 웃는다.

"감사합니다."

그런 호기심 어린 말투와 실내 곳곳에 구비된 장비 및 도구들을 응시하는 눈길에서, 안은 형언하기 어려운 일종의 예감에 젖어든다.

"옛날에는 역해서 가죽 썻고 약 치고 뭐하고, 가공하는 데로는 고개도 돌리기 싫었는데 말이죠."

그렇게 말하며 노부인은 손님용 작은 테이블에 쇼핑백 두 개를 올려놓는다. 하나에는 구두가, 다른 하나에는 과자 세트가 들어 있다.

"빈손으로 오기가 뭐해서…… 일하시다가 좀 드세요."

"이렇게 신경 쓰지 않으셔도 되는데요. 감사합니다. 차 좀 드시겠어요?"

그러면서 안은 노부인에게 가죽공예와 관련된

일을 하신 적 있느냐고 언제 물어볼까 타이밍을 재어본다.

"아니에요, 필요 없어요."

"그럼 일단 꺼내서 상태를 좀 볼게요."

생크는 오른쪽이 부러졌지만 이왕 새것으로 끼워 넣는다면 왼쪽도 함께 바꿔주는 게 걷기에 좋을 것 같아서 양쪽 다 가져오라고 말해두었다. 그런 금속이 삭아 부러질 정도로 부지런히 신었다면 양쪽 톱 피스도 한꺼번에 맞춰주는 게 좋겠고, 훼손 정도에 따라선 아웃솔을 다 갈아야 할 수도 있다. 연세도 드신 분이 구두가 이렇게 닳도록 다녔다니 기력은 괜찮으신 모양이다. 시인의 말에 따르면 그의 부친이 세상을 떠난 뒤 어머니가 공연히 외출이 잦아졌는데 몸은 문제없으나 가끔 기억과 맥락이 오락가락해서 걱정이라고 했었다.

"아드님이 어머니를 위해 만든 거니까 되도록 원래 바느질은 건드리지 않고 교체할 수 있을까 싶어서 살펴본 건데요, 하다가 그게 어려울 수도 있어서 미리 말씀드립니다."

자기 아들이 서툰 손으로 지었다는 점 때문에

어쩌면 불편한 구석이 있더라도 오래도록 신었을 노부인이 머뭇거리며 고개를 숙인다.

"그 정도로 닳았다는 건 알았는데 바느질이, 그러네요. 보존이 안 된다는 데까지는 미처 생각을 못했네요."

안은 선선히 농담조로 선택의 여지를 준다.

"진행하시겠어요? 그냥 고이 간직하는 방법도 있습니다만. 뭣하면 다음 분기 수업 때 하나 더 만들어달라고 하시지요. 이번에는 아기 신발 때문에 바쁜 모양이지만요."

그러면서 노부인의 표정을 확인하기 위해 자신도 고개를 같이 숙이다가, 안은 직전까지 자신에게 엄습해온 예감의 정체를 확인하고 주광이 닿지 않는 그늘 쪽으로 몇 걸음 물러난다. 마음속에서 두근거림과 함께 올라오는 감각은 분명 기시감이며, 그와 함께 반가움인지 두려움인지 모를 것이 조율되지 않은 건반처럼 안의 마음을 두드린다. 그러나 안은 자신의 얼굴이 조금씩 느리게나마 예전과 크게 달라졌으리라 믿으며, 설령 그렇지 않더라도 그 시절 이후로 주름 한 줄 파이지 않은 자신의 얼굴을 상대방이 알아보지 못하리라 예상한다.

"그 애한테 의논하면 자기는 전혀 괜찮으니까 엄마 편한 대로 하라고 할 테지만요. 가져가서 다시 생각해볼게요."

그렇게 말하며 고개를 들다 안의 눈과 마주친 노부인의 눈동자가 순간 흔들린다. 아니, 흔들렸다고 안이 느낀다. 그럴 리가 없는 것이다. 그러나 노부인은 무언가를 어렴풋이 감지한 듯 또는 탐색하듯 안을 빤히 올려다보고, 안은 여기서 눈을 피하는 게 더 의심을 사는 거라고 생각하여 마주 보고 웃기를 택한다.

"그렇게 하세요. 그런데 왜 그렇게 보세요, 뭔가 묻었나요?"

"아니, 아니에요. 옛날에 저 알던 사람이랑 너무 닮으셔서, 혹시 가족이나 친척 중에⋯⋯."

그러다가 노부인은 스스로도 말이 안 된다 여기는지 체머리를 흔든다.

"아무것도 아니에요, 실례했네요."

아버지가 돌아가신 뒤로 어머니의 마음 상태가 좋지 않으니 가끔 이상한 얘기를 하셔도 웃어넘겨 달라고 시인은 귀띔했었다. 짧지 않은 기간의 병구완으로 첨예하게 긴장된 신경이 한꺼번에 풀어져 내리면서 그리 된 게 아닐까 한다고, 병원에서 검사한 인지능력은 거의 완벽한 수준이었으며 그 척도대로 대부분은 원활한 상태를 유지하시는데 가끔 드문 빈도로 자신을 아버지로 착각할 때가 있다고 그랬다. 지금 노부인의 인식은 어느 점이지대에 서 있는지, 안은 짐작하기 어렵다.

"옛날이면 얼마나 옛날이죠? 물이 마침 끓었는데 차 드시고 가시지요. 이왕 여기까지 걸음도 하셨는데요."

그녀를 서둘러 돌려보내려는 티를 내서는 안 되므로 오히려 그녀가 자신의 얼굴을 천천히 오랜 시간 들여다볼 수 있도록, 그럼으로써 시간과 보편적 생명 사이에 형성되는 필연적인 변화를 인정하고 다시 한 번 확실하게 고개 저을 수 있도록, 안은 심상하게 차까지 권한다.

"정말, 너무 닮았네요. 혹시 사장님의 부친께서도 이런…… 그러니까 구두 만드시던 분이신가 했어요."

이 정도면 상당한 양감과 질감을 지닌 기억 아닌가. 사람에 따라 증상은 천차만별, 먼 옛날의 일은 간밤인 양 선명하고 가까운 옛날을 떠올리지 못하는 사람도 있다. 안은 그녀가 사온 전병 상자를 개봉하여 쟁반에 세팅하는 동안 머릿속 갈피를 만지작거리며 가장 그럴듯한 대답을 고른다.

"아버지 가게를 이어받을 정도가 됐으면 좋았을 텐데요. 아시다시피 여기 환경상 뭐 대를 이어서 업을 전승한다든지 그런 지속성 측면에서는 취약한 편이죠. 이 동네가 노포들 개조한 곳이 많긴 합니다만 제가 가게 낸 지는 5년이 채 안 됐는걸요."

"그건 그렇지요, 아무래도. 제가 드리려던 말씀은, 저는 뭐 구두는 잘 모르지만 옛날에 구두 공장에서 경리랑 사무를 봤던 적이 있거든요. 규모가 꽤 있어놔서 사람 얼굴 하나하나 기억하는 건 아닌데, 저부 쪽이었던가, 아무튼 일하시던 분이랑 그나마 나이대가 비슷해서 얘기도 좀 나누고 점심도 같이 하고 뭐."

그녀는 말끝을 흐리마리하게 접으며 멋쩍은 듯

전병을 하나 집는다.

"사장님도 차만 따르지 마시고 좀 드세요. 저만 먹기 민망하네요."

"감사합니다."

당연하게도 처음 보는 (거라고 생각하는) 구둣 방 주인에게 사정을 속속들이 말할 수 없었겠지 만, 그녀의 말은 원래의 사실을 10분의 1가량 축 소한 것으로—어쩌면 기억이 축소되었는지도— 그 당시 안이 일하던 공장에는 저부에 둘, 갑피 에 둘, 재봉에 한 명이 있었고 갑피 중 한 명이 사 장이었으며 그녀는 사무를 보던 것은 맞지만 지 금 이처럼 겸손하게 말할 뿐 실은 누구보다도 예 리한 눈으로 부품과 가죽과 바느질 상태를 점검했 고, 안과는 얘기나 점심 정도 같이 하던 사이가 아 니라 반년 가까이 같은 방에서 살았다. 안은 미아 와 떨어진 다음에야 타인과 보편적이면서도 필요 에 따른 관계를 맺는 수준을 넘어 함께 먹고 웃고 싸우고 즐기고 잠자는 것을 알기 시작했지만, 형 제들과 함께이므로 성립했던 삶은 타인을 들이는 것을 쉽게 허락지 않아서 그 같은 만남 자체가 극히 드물었고, 이 노부인은 그중 가장 오래 지속된 관계라고 할 수 있었다. 그럼에도 그녀의 이름이 입속에서 맴돌기만 한다. 알더라도 발설하지 못할 그 이름이. 얼핏 생각은 나지만 그 이름이 맞는지, 발음만 비슷할지도 모르고 다른 이름과 혼동했을지도 모르겠는데 그럴 만도 한 것이, 이미 40여 년 전의 일이다. 흰머리와 주름과 검버섯 같은 것들로 변해버린 얼굴 뒤편의 지나간 모습은 어제처럼 기억나는데도, 그녀가 얼마나 맑고 단단한 사람이었는지를 기억하며 생활 속의 일부 에피소드가 파편으로 남아 있는데도, 웬만해선 변할 일 없는 이름만이 떠오르지 않는다니 이상한 일이다.

마지막에 어떻게 헤어졌는지도 기억한다. 새로 빨래하고 풀을 먹여 햇빛 냄새가 나던 베갯잇 같은 나날을, 혀끝이 얼얼할 정도로 다디단 시간을 안은 견딜 수 없었고, 그보다는 그 감각에 마비되고 만 뒤 그녀를 잃게 되는 당연한 수순을 밟고 싶지 않았다. 삶이나 사랑에 의미라는 게 있다면, 어디까지나 그것과 충분한 거리를 둘 때 발생하는 것이었다. 안이 공장에 퇴직 의사를 밝힌 뒤, 그녀는 자기에게 아무런 상의도 없이 퇴직을 결정하고 통보한 일에 서운한 정도를 넘어 배신감마저 느끼지만 일은 다른 데서도 얼마든지 구할 수 있으니 이참에 고향의 자기 집에 인사하러 가자고 했는데, 안은 곧 이사를 갈 것이며 결혼은 하지 않을 거라고 했다. 그러면, 하고 그녀가 물었다. 내가 이 방에 세간붙이를 늘리기 시작했을 때 왜 그 얘기부터 진작 하지 않았어요? 거기에 뭐라고 대답했는지는 기억나지 않는다. 결혼하지 않는 이유가 뭔데요? 그때 안은 그녀를 상처 입히기 위해서가 아니라 함께한 시간에 대한 성의로, 어떠한 구실도 들지 않고 일체의 설명을 배제한 채, 헤어지고 싶다고만 짧게 말했다. 그녀는 합당한 이유를 들으려고 수차례 시도했으나 안은 미동도 하지 않았다. 실은 오랫동안 알아왔던, 이 세상에 한몸이나 다름없는 방식으로 왔지만 이 세상의 규칙에 따르면 아무런 혈연도 없고 그럼에도 형제라는 이름으로 부를 수밖에 없었으며 지금은 옆에 없는 누군가와 그녀가 닮았기에 자기도 모르게 여태 머무는 것을 내버려두었을 뿐이라고 말하면 좀 더 큰 충격을 주고 떨쳐낼 수도 있었겠지만, 안은 차마 그렇게까지는 말할 수 없었다. 어떤 변명이나 그럴듯한 거짓말조차 듣지 못하고 그녀는 한동안 허탈하게 웃다가 나중에는 비통하게 웃으며 온갖 살림살이를 다 쓸어서 바닥에 떨어뜨리고, 가방을 싼 뒤 모습을 감추었다. 바로 다음 날부터 안은 공장에 나가지 않았는데, 일주일쯤 지나 이삿짐을 한창 싸던 중 회사에서 도착한 우편물 겉봉에는 안의 이름과 주소가 그녀의 또박또박한 글씨로 적혀 있어서, 내용물을 뜯어보니 미지급된 급여의 숫자가 적힌 '소액환금영수증서'라는 게 나왔다. 안은 그 봉투 안에 차디찬 실패감과, 결코 작아지거나 사라질 일 없는 죄의식과 앞으로의 고독을 함께 봉인하고 그대로 큰 공책 사이에 끼워두었다.

그녀가 오랜 시간을 돌고 돌아 그녀의 아들, 시인의 모습으로 먼저 나타났다는 걸 안은 이제야 알게 된 것이다.

"그때 알던 분은 지금 아마도……."

그렇게 말하다 문득 노부인은 고개를 들고 안을 빤히 바라본다. 너무나 크게 눈을 뜨고 목을 앞으로 빼어 들여다보았기에, 얇고 주름진 피부가 그 아래 혈관이 비칠 정도로 당겨진다.

"당신이에요?"

안은 가슴이 철렁하지만 뭐라고 반응해야 상대를 위하는 길인지 알 수 없다. 젊은 시절로 돌아간 그녀를 배려하기 위해서라면 맞아요 저예요 오랜만입니다……. 지금의 그녀를 붙들어주려면 그게 무슨 말씀이시죠 사람 잘못 보셨네요 저는 일개 구두장이입니다……. 그녀는 어느 쪽을 자기의 현실로 받아들일까.

"저는 그게, 그러니까……."

"그렇죠. 일흔, 일흔이 다 뭐야, 여든 가까이 됐겠네요. 어쩌면 이 세상 분이 아닐 수도 있는데, 제가 공연한 소리를 했네요."

그녀는 순식간에 인지능력이 완벽한 노부인으로 돌아오고, 안은 가슴을 쓸어내린다.

"아닙니다, 저도 흥미로운걸요. 그렇게까지 저랑 닮은 분이 계시다고 하니까. 사진이라도…… 아니 그때는 사진이."

"그 시절에 사진 한 장 찍으려면 좀 귀했나요.

딱 한 장 직원들 야유회 같은 데 가서 다 함께 찍은 거 집에 어디 있는데, 얼굴도 작게 나왔지, 다 바래고 닳아서 뭐. 그래도 내 눈 속에 남은 게 있으니까 혹시나 했어요."

그녀는 이 순간 스스로 밝혀버린다. 40년을 눈 속에 그 얼굴이 남아 있을 정도의 사람이면 짧지만 얼마나 깊은 관계였는가를. 그녀도 처음 보는 사람에게 들려주기에는 자신의 말이 조금 감상적으로 느껴졌는지 금세 말을 돌린다.

"도로 가져가서 저도 한번 생각해보고 애들 의견도 들어보고 할게요."

시인은 어머니의 상태 변화가 염려되어 지금은 아내와 어머니와 한집에서 셋이 살고 있으며 미래를 대비해 괜찮은 시니어 케어 센터를 알아보고 있다고 그랬었다. 사실 그의 아내는 뼈가 약한 어머니에게 더 튼튼하고 좋은 구두를 사드리자고 했고, 시인 자신은 언제든 새로 지어드리고 싶다고 했으니, 안은 아마도 노부인과 다시 만날 일은 없을 것이다.

"그러시죠. 아무 때나 연락만 주시면 또 예약해

드릴게요."

"고맙습니다. 반가웠어요."

오래간만이고 뜻밖이었다고, 사고를 당하신 적 있다지만 거동이 불가능한 정도는 아니니 그만하길 다행이며, 그 후로 얼마나 큰 고난을 겪었는지 지나간 일의 세목에 대해 이야기 나눌 처지는 못 되나 보통 사람들이 일컫는 원만한 생활의 범위 내에서 살아오신 것 같아 그나마 안심했다고, 언제나 당신의 행복을 빌었다고 공연한 이야기까지 하게 될 것 같아서, 안은 저 역시 반가웠다는 말을 꺼내지 못한다.

노부인이 떠난 뒤, 수강생들이 모여 작업하는 큰 테이블을 무심코 쓸어 나가다가 시인이 두고 간 아기의 가죽신 미완성본에 손이 닿는다. 안은 무언가 생각난 듯, 가게 구석에 포장 박스를 쌓아서 열어둔 형태의 간이 책장을 뒤지기 시작한다. 수기로 쓴 작업 일지와 장부와 몇 권의 책, 사람들이 무슨 생각을 하고 세상이 어떻게 움직이는지를 알기 위해 스크랩을 해둔 신문 기사 묶음 사이로,

빛바래고 닳은 스프링 노트 한 권이 나온다. 누런 속지를 엄지로 잡고 훑어 넘기던 중 한 면에서 노트가 활짝 펼쳐진다. 건드리면 삭아 떨어질 것 같은 편지 봉투에 안의 이름과 주소를 적은 그녀의 가지런한 글씨가 나온다. 그 안에는 끝내 돈으로 바꾸지 않은 소액환금영수증서가 한 장 들어 있다. 혹시 싫었지만 역시 겉봉에는 이제 인쇄 글자가 거의 지워진 당시 회사의 이름만 남아 있을 뿐이고, 소액환금영수증서에는 금액과 교환 시 주의 사항만이 찍혀 있다. 그녀의 이름은 어디에도 없다.

무대는 학생들이 자율적으로 만들어나가는 것
이고 자신은 지도만 할 뿐 발을 쓸 일이 거의 없다
며 유진은 난색을 표하나, 안은 외부인 출입과 견
학이 딱히 금지되는 장소가 아니라면 일하는 현장
을 보아두고 싶다고 청한다. 강의와 연습을 방해
하지 않을 것이고, 수상한 사람으로 보이지 않도
록 깔끔한 용모로 들를 것이며, 학생들이 불안해
할 것 같으면 전기든 수도든 수리하는 관리직인
척하겠다고 말한다.

실제로 가보니 유진이 안의 방문을 꺼린 주된
이유는 역시 장소의 열악함과 아직 다듬어지지 않

은 동작의 조야함이 민망해서였던 듯, 깔끔하고 질서정연한 강의 현장이 아닌 개방된 체육관에서의 연습이다 보니 교수와 학생 외에도 발표회를 준비하는 사람들이 적잖이 드나들며 학생들은 스쳐 지나가는 이들이 앙케트 명목으로 교재를 팔거나 종교를 권유하거나 함부로 사진을 찍어 가는 게 아니라면 누가 드나들든 신경 쓰지 않는, 다소 어수선한 분위기다.

거의 움직이지 않는다던 말과는 달리 유진은 안무의 완성을 위해 적극적 활동적으로 학생들을 지도하며 수시로 도약과 회전을 선보인다. 본격적인 동작을 이어가지 않으며 전성기의 무대에 비하면 무리하지 않는 선에서 가벼운 몸풀기에 불과할 테지만 한 시간 30분가량의 연습에서 움직임의 비중만으로는 거의 6 대 4 정도로 학생들과 크게 다르지 않다. 한편 연습이다 보니 특정 동작을 거듭 수행해야 할 때가 많은데 안이 보려던 것이 바로 이 반복의 행위다. 운동화에 가까운 슬립온 타입의 단화를 신고, 상당히 여러 가지 수준의 동작을 수행했음에도 몸 어딘가에 특별히 통증을 느끼는 것처럼 보이지는 않는다. 재활 치료 과정에서 조심하느라 근육과 신경 및 활동 범위가 전반적으로 위축되었을 뿐, 발뒤꿈치를 종일 들어 올리고 살게 아니라면 춤을 춘다고 바로 무릎이나 골반이 나간다든지 그 정도의 몸 상태는 아닌 것 같다. 객관적 최고는 아닌 주관적 최선의 상태. 연주 절정의 순간에 중단되어 카덴차로 마무리하지 못하는 악장과도 같은 몸.

학생들에게 시범을 보이다가 유진은 간간이 안이 서 있는 문가를 돌아보곤 하는데, 그럴 때마다 안은 이쪽에 신경 쓰지 말라는 듯 시선을 모른 척하고서 곧 어딘가로 이동할 엑스트라나 되는 것처럼 서 있는 장소를 조금씩 바꾼다. 솔리스트 경험이 있다면 수백의 눈동자가 오로지 자신을 향하는 데에 익숙할 텐데, 단 한 사람이 눈치껏 견학하는 것을 의식하는 걸 보면 본격 무대를 떠난 지 오래되었음을 알 수 있다. 어쩌면 안이 관객으로서 응시하는 게 아니라 지나가던 문외한으로서 관찰하기 때문일지도.

다소 소란한 분위기에서 단속적인 동작을 반복

할 뿐인데도, 허공을 향해 뻗은 손짓이나 교차하는 발의 움직임은 미려하고 풍부하다. 춤을 추는 몸이야말로 오랜 옛날 존재들의 존재 방식과 가장 유사한 것이었을지 모르고, 미아가 사로잡힌 이유가 거기에 있을 것이다.

학생들이 준비하는 발표회 무대는, 동작만 보아서는 내용이나 테마를 짐작할 수 없으나 무언 무용극인 모양이다. 완전 창작은 아니고 기존의 서양 고전을 현대물로 압축 각색한 듯하다. 각색으로 보기에 적절한가 싶기도 한데, 대사와 노래 가사도 없이 모든 것을 음악과 몸짓으로 이야기하는 방식이라 재창작이 더 어울리는 것 같다. 유진이 인물들의 행위와 심리를 설명하고 그에 따른 동작과 안무를 제안할 때 어디선가 들어본 듯한 서양식 이름들 몇몇이 안의 귓가를 스치는데, 안은 고전을 충분히 읽지 않은 데다 실제의 삶 속에서 만나본 비슷하거나 동일한 이름이 워낙 많으니 그 모든 이름들이 뒤섞이면서 특정 대상이나 서사를 떠올리기 어렵다.

앞으로 남은 인생 동안 저 사람은 얼마나 더 춤

을 출 수 있을까? 그걸 신고 무대에 오르는 일은 일어나지 않을 것인데, 군이 '춤추는 데에 방해되지 않는' 구두를 요청하다니. 그만큼 춤이 일상의 일부이고 삶 자체라는 뜻이겠지만, 10년만 지나도 그는 시간의 악력에 붙들려 도약이나 회전을 하기 어려워질 텐데 말이다. 안이 짓는 구두가 저 사람의 일생보다 오래갈 텐데. 그럼에도 불구하고 춤추는 동안 절대로 벗겨지지도 뒤꿈치가 까지지도 않을 구두를.

　—이제…… 어쩌려는 거냐고 물어도 될까.

　공방에서 만났던 그날 유진을 먼저 보내고, 둘만의 머리가 맞닿을 듯 가까운 자리에서, 차가운 커피 잔을 만지작거리던 미아의 깨끗한 손. 그 손을 보고선 농담으로라도, 네 남자의 구두 정도 네가 지어주면 그만 아니냐고 물을 수 없다. 어떻게 돌려 말해도 경멸이나 조롱으로 들릴 테니까. 마지막으로 바늘과 가죽을 만져본 지가 언제인지를 알기 어려운 두 손.

　—우스워 보이니.

미아는 혼잣말하는 것처럼 나직한 목소리로 말한다.

—아니, 그보다도 너는 한 번도 그런 생각해본 적 없니. 우리를 닮은 형제가 아닌 누군가와 함께하는 날들을. 그런 꿈을 꾸게 만드는 사람을, 지금까지 만나본 적 없니.

미아의 물음에 안은 지금까지 헤아릴 수 없을 만큼 많은 국경을 넘으면서 또는 이곳에 머물면서 스쳐 갔던 얼굴들을 떠올려본다. 가던 발걸음을 멈추고 무한의 시간 가운데 한 개의 점에 불과한 날들을 나누고 싶은 충동을 느낀 상대가, 안이라고 없을 리 없다. 그러나 철저하게 하룻밤, 길어야 반년을 넘기지 않는 관계를 맺고 끊기를 거듭한 것은 그의 선택이다. 사람과의 인연 같은 건 힘주어 잡아당기면 찢어지는 곤충의 투명한 날개에 불과하다고. 너무 많은 사람을 만나면 누구도 만나지 않은 것과 같다. 너무 많은 인연을 마주치면 그 누구와도 매듭을 맺지 못한다. 방대한 기억이 축적되면 피치 못하게 변형이 생기고 그 무엇도, 그 누구도 기억하지 못한다…… 않는다, 에 가까울 것이다. 언젠가는 부서지게 마련이라면 처음부터 의미를 두지 않음으로써, 내구력을 가늠할 수 없는 이 삶과 타협하고 감정적 휴전을 맞이한다. 안이 보통의 사람들을 바라보는 마음은, 사람이 하루살이나 매미를 보는 마음과 다르지 않을 것이다.

—그 이후를, 견딜 수 있어?

안은 신랄한 척하지만 실은 무용할 뿐인 물음이 미아의 미소에 닿아 흩어지는 것을 바라본다. 십자가에 매달리는 걸, 화형의 불길을, 몸을 찢는 칼날을 견딜 수 있어? 견딜 수 있다고 장담하면, 정말 견디게 될까? 닥쳐오기 전에 고통의 무게와 장력을 알까? 인내는 오랜 세월을 살았다고 하여 경험으로 취득되지 않는다. 오랜 세월이 지혜를 당연하게 가져다주지 않음과 마찬가지로. 형제들과의 헤어짐은 대체로 곁에 있던 누군가를 잃는 고통이라기보다는 모험의 연장선상에 있었지. 자신은 한결같은데 자신 옆에 있던 인간만이 늙어 세상을 떠나는 모습을 얼마나 지켜보았나. 그런 모습을 보기 전에 언제나 자리를 털고 일어섰으며 사람의 임종 같은 건 지키지 않았지. 관계에 있어

밀착과 애착을 최대한 피하고 건조하게, 노환을 들여다보지 않고 관계의 뇌관을 건드리지 않으면서. 겉모습이야 곁에 있는 사람의 늙음에 맞추어 자연스레 주름 한두 줄 정도 더 그어볼 수 있겠으나, 그의 죽음을 지켜보고 홀로 남아야 한다는 사실은 달라지지 않는다. 사람과 달리 먼저 떠난 이를 따라간다는 옵션도, 극단적인 방법을 동원하여 시험해보기 전에는 확언하기 어려우나 아마도 없다.

—만일 그가 남고 나만 사라지는 입장이었다면, 나도 이런 선택을 하기가 좀 더 망설여졌겠지. 그러나 그 반대의 경우는, 그러니까 나 혼자서 얼마인지 모를 날들을 지내야 하는 건, 어떻게든 해봐야지. 닥쳐오기 전에는 몰라.

공방 안을 맴돌던 고요가 미아의 굳건하지만 순진한 결심의 말에 울림을 보탠다.

—일단 네 체질을 그 남자가 알아? 말해줘도 안 믿겠지만 언질 정도는 줬어?

—했지.

안이 잠시나마 묻기를 망설인 게 우스울 만큼

미아는 선선히 대답한다.

—구체적으로 내가 어느 시대 어느 나라에서도 살아봤다고 고백하기는 좀 갑작스러울 것 같아서, 추상적으로 간략하게만. 언젠가 나는 혼자 남을 것이고 네가 가는 길을 배웅하게 될 거라고, 남아 있는 동안 어쩌면 영원히 배웅과 애도의 상태로 살 거라고.

하긴 자세한 내력을 들려주었다면 유진은 미아를 가든파티 예식장이 아니라 병원으로 데리고 갔을지도 모른다.

—그랬더니 뭐래.

—꼭 재혼하라면서 웃지.

막 시작한 중년의 연인 사이에 오갈 법한 감상적인 농담의 일종으로 여겼겠지 아무렴. 인생에서 몇 번쯤 부침을 겪고 몸 구석구석에 적신호가 켜졌을, 조악하고 서툴렀던 과거의 흔적을 수정하기엔 남아 있는 날들이 더 적은 인간들이, 어쩌다 자조적으로 나눌 수 있는 이야기. 안은 말하지 않는다. 네가 선택한 것이라 그 정해진 결말을 감수한다면, 그걸 감수하는 너를 지켜보는 나의 마음은 어째서 고려하지 않느냐고 묻지 않는다. 미아는 형제가 당연히 그런 것까지 지켜봐줄 필요도 의리도 없다며 또다시 산뜻하게 안의 눈앞에서 자취를 감출 테고, 그런 다음 혼자서 내내 잃음을 앓을 것이다. 그 통증은 영원히 끝나지 않는 맥박을 타고 격랑의 한가운데에 놓인 혈관을 표류할 것이다.

그러나 이 순간 미아의 얼굴에 수놓인 표정의 성분은, 안이 한 번도 가져본 적 없기에 뭐라고 토를 달 수 없는 절대적인 만족감이다. 루트가 정해지기는 했으나 아직 코앞으로 덮쳐오지 않은 미래에 섣불리 익사하지 않기 위해 안은 말을 돌린다.

—아까 둘이 잠깐 나가서 얘기했지. 저 사람이 나 보고 뭐래?

—뭘 뭐라고 할 게 있나.

—그게 실은, 우리도 워낙 오랜만에 보는 거잖아. 사전에 의사소통도 없었고. 딱 만났을 때 너와 내가 밸런스가 전혀 맞지 않아 보였을 텐데. 저거 뭐 하는 놈이냐고 안 물어봐?

—있는 그대로 말했지, 나의 형제라고.

—그걸 믿어?

—형제와도 같은 사람이라는 뜻으로 대강 받아들였을 것 같긴 한데 그 이상 자세히 묻진 않았어. 겉모습이나 직업으로 누군가를 판단하는 사람이 아니야. 사장님이 조금 핀잔주는 식으로 딱딱거리는 것 같아서 처음에는 놀라긴 했는데, 그만큼 일을 철저하게 하시는 분 같다고 오히려 칭찬했어.

　—그거야 네 형제라고 하는데 나쁜 소리해서 좋을 게 뭐가 있나 싶었겠지.

　안은 대화를 이만 마치자는 뜻으로 무릎을 짚고 일어난다. 고작 그 정도 몸짓에, 커피의 잔향이 감돌던 곳에서 가죽과 식물성 본드 냄새가 채워진 곳으로 옮겨간다. 존재에서 벗어난 이후에도, 형제들이 공기 방울처럼 흩어지는 동안에도 안 혼자만은 퇴적물처럼 쌓아온 영역으로. 이 냄새의 차이야말로 미아가 있는 세계와 안이 지켜온 세계에 놓인 거리 그 자체이다.

　—지어줄게. 이 정도는 결혼 선물로 생각해.

　안은 지금의 미아를 위해 할 수 있는 일이 꼭 거기까지임을 안다.

이후 시인의 어머니, 노부인의 모습으로 나타난 여인을 본 뒤 안은 오래전 그녀를 보낸 자신의 선택이 더욱 옳았다고 여긴다. 점유할 수도 당겨 쓸 수도 없는 시간 속에서 속수무책으로 사라지는 인간과 인연을 맺는 것만큼 무의미한 일은 없다고. 그럼에도 그 무의미를 선택한 미아에게 자신은 무엇을 해줄 수 있을지 고민하는 일이, 남아 있는 날들의 목표가 될지도 모르겠다고.

유진의 메시지가 도착한다. 전날 안이 첨부 파일로 보낸 디자인을 잘 보았다는 답장이다.

처음에는 유진이 아니라 미아에게 파일을 보냈다. 미아가 이 세상에서 한순간이나마 반려 될 사람에게 어울리는 것을 가장 잘 알리라는 믿음도 있었지만, 필요한 데이터를 모두 뽑아낸 만큼 유진과 더 이상 접촉하지 않는 게 낫겠다고 나름대로 신경 쓴 것인데 미아에게서 돌아온 대답은 간단했다. 유진에게 직접 보내고 이야기해봐. 나는 네가 한 거라면 좋다는 말밖에 못 하니까.

유진은 처음 만났을 때부터 썩 매끄럽지는 않았

던 구두장이와 굳이 음성 통화를 하고 싶지는 않은 모양으로, 무언가 얼버무리는 듯 시큰둥한 문자가 짧게 대화창에 뜬다. 뭐 괜찮네요. 저는 이런 거 잘 몰라서요.

정말 몰라서가 아니라 무성의 혹은 무대응의 일종이라는 느낌이 든다. 아무리 마음에 들지 않더라도 물건 뒤에 사람 있는데 이런 식은 좀 아닌 것 같고, 이런 고가품을 분명한 승인 사인 없이 진행할 수는 없다. 안은 그대로 통화 버튼을 터치하고, 신호음이 네 번쯤 울렸을 때 머뭇거리는 목소리가 전화를 받는다.

"저기 사장님. 제가 지금은 좀."

"강의 중이신가요? 통화 가능한 시간을 말씀해 주시면 그때 맞춰서 다시 걸겠습니다."

포기했다는 듯한 한숨에 이어 유진은 말한다.

"아니요, 지금도 괜찮습니다. 말씀하세요."

"제가 아니라 선생님이 하고 싶으신 말씀이 있을 것 같은데요."

"그러니까 정말 제가 그런 건 잘 몰라서요."

"그러면 받아 보신 뒤에 직관적으로요, 제일 처

112

음 하신 생각이 뭔지 말씀해주시면 도움이 되겠습니다."

"솔직하게요?"

"그럼 이런 걸 거짓말로 합니까? 남은 평생 신으실 건데요."

"이 사람이 지금 나랑 싸우자는 건가. 이렇게 생각했습니다."

유진이 그렇게 말하는 것도 무리가 아니다. 전날 수십 가지 샘플 사진 중에서 유진이 망설임 끝에 고른 것은 형태는 더비, 구두코는 스트레이트 팁에 플레인 토였다. 그날 신고 온 공장제 기성화도 밋밋했지만 아무리 보아도 심플함만 고집할 이유가 없는 사람이었으므로, 안이 보낸 것은 옥스퍼드에 스트레이트 팁만 유지하면서 코에 하프 브로그를 넣은 도안이었다.

"자유로운 이미지에 중점을 두고 싶다고 하셨던 거 기억하는데 자유가 곧 수수하다는 뜻도 아니고, 그 납작한 로퍼는 신을 만큼 신으셨으니 이제 장식 조금 들어가도 된다고 생각해서요. 윙팁에 풀 브로그로 넣을까 싶다가 부담스러워하실 것 같아 참았고요."

"지금도 충분히 화려합니다. 왠지 구두만 튀고 사람들이 발만 볼 것 같긴 하네요."

"그걸 신은 사람을 돋보이게 하는 게 구두의 일이지요. 어지간히 옷 색깔 맞추는 센스가 없지 않고서야."

"음…… 그러면 어디 사장님 좋을 대로 해보세요. 저야 뭐 사주는 대로 신는 입장이라."

그렇게 말해놓고 유진은 젊은 구두장이가 하찮게 볼 만큼 자신이 센스 없지 않음을 피력하기 위해서인지는 몰라도 굳이 기를 쓰고 보탠다.

"일단 보내주신 견본 색상은 화면으로만 보아서는 무난합니다. 실제 색상은 어떤지 보아야 알겠지만, 기본적인 브라운이니까 여기서 조금씩 톤이 오락가락해도 크게 보기 싫을 일은 없겠지요."

화면과 다를 일은 없을 거라고 못박아두기도 피곤하여 안은 내뱉듯이 말한다.

"그럼 7할 정도 작업 마치고 다시 연락드리겠습니다. 가봉 날짜 잡게요."

"거기를, 다시 가야 합니까?"

불안이나 초조인지 단순 염증인지 몰라도 유진의 목소리에서 다시는 만나고 싶지 않다는 내색이 전해지는데 그건 피차 마찬가지다.

"번거로우시더라도 두 번은 더 오셔야 합니다. 가봉일이랑, 물건 찾으러 올 때요. 특히 발 상태가 안 좋으신 고객님은 완성 전에 시착하고 발가락이랑 발등 넓이를 조정할 수 있으면 그때 하는 게 좋으니까요. 나중에 찾아가는 건 미아 혼자라도 상관없지만요."

"아, 아닙니다."

유진이 다음 말을 하기까지 조금 사이를 두는 걸로 보아, 남의 부인이 될 사람의 이름을 그런 식으로 친밀함을 과시하듯 불러선 안 되었던 듯싶다.

"대표님은 바쁘신 분이니까 찾는 것도 제가 하겠습니다. 그런데……"

"그런데?"

"……아무것도 아닙니다. 나중에 문자 드리겠습니다."

둘이 정말 형제가 맞습니까, 왜 미아라고 편하

게 아니 함부로 부릅니까, 성도 다르지 않습니까, 사실은 어디서 어떻게 만나 아는 사이입니까, 미아는 왜 당신을 자꾸 얀이라고 부릅니까…… 같은 것을 묻는다면 안은 시설에서 함께 자랐다든지 어릴 때부터 이안이라는 이름을 연음하여 부르던 장난을 쳐서 지금도 그런 습관이 남아 있을 뿐이라든지 하여간 별로 신빙성은 없는 내용으로 둘러댈 작정이었으나 유진은 잠자코 전화를 끊는다. 설령 미아가 지나온 세월의 속살을 모두 꺼내 펼쳐놓았더라도 유진은 동화적인 농담으로 치부해왔을 것인데, 그런 때 안이 미아와 다른 형제들과 살아온 시간을, 새의 노래를 듣고 그에 후렴구를 맞받아주거나 뱀의 말을 알아들으며 이야기 나누던 날들의 기억을, 몸을 얻고 형제들이 하나씩 떠나게 된 과정을, 마침내 미아와도 서로 다른 배를 타고 헤어진 밤의 이미지를 들려주기라도 한다면. 유진은 진지하고 성실한 태도로 불쾌감을 표하며 사람을 갖고 놀지 말라고 일축할지도. 그보다는 더 이상 정신 나간 자를 상대하면 안 되겠다고 슬그머니 피하는 게 보통일 테고. 자신이 얼마나 너그럽고 여유로운 사람인지를 전시하고 싶어 하는 성격이라면 어디 한 번 증거를 보이라고 반 농으로 맞받겠지. 생각해보니 자신들이 존재했다는 사실 말곤 안에게는, 그가 아는 한 미아에게도 아무런 증거가 없다. 오래된 단도라든지 수도원의 필사본이라든지 그 시대에밖에 볼 수 없었던 중세의 물건 같은 걸 하나 지니고 있을 걸 그랬나. 그래봤자 어떤 고고학자의 유물을 훔쳤다는 오해나 사겠지. 지금 상용하지 않는 먼 옛날의 언어는 혀뿌리에서 녹아 잊힌 지 오래다. 그러나 자기가 지금 여기 존재한다는 것에 어떤 논거가 붙을 수 있다는 말인가? 세상 어느 저울로도 달아볼 수 없는 무한한 공허와 고독을, 무슨 수로 증명한다는 것인가?

수강생들이 공방에 들어선다. 시인은 결석이다. 조산기로 입원한 아내 곁을 지킨다는 문자가 온다. 위로의 답 문자 뒤에, 아내가 아프다는 사람에게 어머니의 구두는 어떻게 하기로 결정하셨는지 물어보는 건 실례다. 오늘만 날이 아니다.

다른 세 사람은 저부 공정에 들어간다. 분기별로

이루어지는 데다 매일이나 주 3회도 아닌 주 1회 단기 클래스임을 감안하고, 더 나아가 안이 구두를 꿰매온 세월에 비하면 평범한 사람의 시간이란 한 땀의 바늘 자국 정도에 불과함을 고려하더라도 그들의 솜씨는 서툴고 거칠다. 그들 각자 이 일에 전념할 형편도 아닌 듯하니, 몇 번 더 현실의 벽에 부딪히고 나면 자신의 가게를 갖겠다는 포부는 접을지도 모른다. 그러므로 일반인을 대상으로 한 강습에서 최선의 목표는 자급자족 시대를 살아본 적 없는 도시의 소비자들이 자신의 손으로 처음부터 끝까지 무언가를 해보았다는 성취감을 느끼게 하는 데 있다. 지나치게 서툴게 잘라내어 재활용도 어려운 가죽 끄트머리 조각과 녹밥 부스러기와, 바늘에 찔리고 때로 칼에 베인 상처를 비롯한 모든 실패의 흔적에도 불구하고, 안은 자신으로서는 짐작할 수 없이 아득한 어딘가에 분포한 것만 같은 그 인간적인 보람, 소박한 현시욕들을 하찮게 여겨서는 안 된다는 사실을 안다.

스카이빙한 박스 카프의 단면에 남은 보풀을 라이터 불에 그슬어 제거한 다음, 깎아낼 때 드러난 가죽 속 연한 색깔이 갑피를 꿰맨 틈으로 보이지 않도록 겉면과 같은 색을 입힌다. 스카이빙 과정을 거치지 않고 갑피를 재봉하면 한 장의 가죽과 다른 한 장의 가죽을 잇는 테두리 부분이 두꺼워지면서 외관을 해친다.

김펑 머신의 하부 작업대에 각 부위별 가죽을 천천히 통과시키면서 가장자리를 톱니 모양으로 정리하는데, 이때 너무 정신 산란한 꾸밈이 되지 않도록 설포의 테두리만큼은 심플한 민짜로 둔다.

못과 비슷하게 생긴 천공기의 머리를 망치로 두드리면서 가죽에 브로그를 뚫어나간다. 브로그 도안은 기하학 패턴으로 미리 구상해두었지만 뚫을 자리를 가죽에다가 연필로 표시할 필요는 없다. 이미 외워둔 도안대로 크고 작은 구멍을 뚫어나가는 동안 눈대중과 손의 감각만으로도 구멍과 구멍 사이 간격은 오차 없이 균일하다. 통풍 용도도 있지만 장식의 기능이 커서 수강생들에게는 보통 이 과정을 생략하고 기본적인 플레인 토캡을 중심으로 진행하며, 원하는 사람에게만 하프 브로그까지 보여준다. 이후 현장에서 실무를 하거나 자신의 공방을 갖거나 간에, 재단이며 안감 보강에 테두리 마감은 물론 브로그까지 주문 제작서와 함께 공장에 외주를 내보내는 가게들도 적지 않다. 안은 대부분 이 과정을 홀로 감당하므로 제작 기간이 오래 걸린다. 안은 갑피 공정을 선호했지만 저부 공정이 켤레당 단가가 조금 더 높은 데다 사장이 신속 정확한 손을 요구했으므로 그녀, 시인의 어머니와 함께 지낸 시절의 공장에서는 주로 저부 팀에 속해서 철저한 분업 체계 아래 일했다. 지금은 정해진 물량을 신속하게 납품하던 시절과는 다르니 안은 자신의 페이스를 지키며 신중하게 일한다. 미아의 남자가 신을 구두에 칼 한 번, 바늘 한 번도 심사숙고 끝에 댄다. 독특하거나 튀는 디자인을 채택하지 않고 전통적인 옥스퍼드화를 작업 중이지만, 식물성 원료로 처리한 내피 가죽을 섬세히 선별하는 일은 물론 구두의 전체적인 선을 뽑아내고 정리하는 일이나 선심부터 월형심에 이르기까지의 작은 보강재를 선택하는 데에도 심혈을 기울이고, 갑피와 안창을 떠서 잇는 웰트 한 땀의 너비에 이르기까지 다른 가게의 구두와 비교하는 게 무의미할 만큼 균일하고 정교해야 한다. 무덤까지 신고 가도 될 만큼 튼튼하게. 한번 신으면 춤을 멈추고 싶어지지 않을 만큼 가볍게. 무엇보다 우아하게. 어째서 미아가 결혼할 사람을 호화 백화점의 전문 매장이 아니라 먼지 날리고 본드 냄새나 풍기는 보잘것없는 공방으로 데려와선 이탈리아 명품에 준하는 비용을 들여가며 구두를 지어주는 것인지, 유진이 의아해하지도 실망하지도 않도록. 살아오는 동안 지구의 둘레를 몇 바퀴는

족히 감았을 구두를 지었으나, 지금 눈앞의 구두
가 태어나서 처음 짓는 것이라도 되는 듯. 아니, 어
쩌면 이 세상에서 짓는 마지막 구두나 되는 것처
럼. 모든 것은 미아를 위해.

가봉은 전체 작업의 80퍼센트, 최소 70퍼센트 가량 진행되었을 때 한다. 안이 다른 나라에 있을 적에 해오던 전통적인 가봉 방식은 실제 출고할 제품보다 한두 단계 품질이 낮은 가죽으로 전체 공정을 완료한 구두를 고객이 신어보게 하는 것으로, 이는 본격 작업 때 사이즈와 기타 조정할 부분들을 체크하기에는 좋지만, 가봉 후 역할을 마친 구두는 그 한 명의 고객이 아닌 다른 누구의 발에도 꼭 맞지 않기 때문에 폐기해야 한다. 카드 지갑 같은 다른 소품을 만들 때 활용할 수 있고 월형심 등의 충전재나 보강재로 쓸 수도 있기는 하나 제

대로 된 작품을 만든다는 명목으로 그때마다 값비싼 쓰레기를 상당 분량 발생시킨다는 부담감, 또한 고객이 신었을 때 착화감과 무관하게 불만을 느낄 수 있다는 단점이 있다. 가죽의 질 차이를 예민하게 느끼는 고객이라면 실제 구두를 신을 때도 이 같은 느낌이라고 오해할 수 있으며 그런 사소한 일로 고객을 불안하게 만들어선 안 되기에, 지금은 실 판매용 구두를 고급 가죽으로 웬만큼 만들어두고 가봉 후에 보강재를 채우거나 빼거나 가죽을 늘이는 등 다른 방법을 동원하여 사이즈를 확정한다.

가봉 구두를 꺼내어 두 발 앞에 놓자 유진의 시선은 애초에 있던 약간의 의혹과 불만에서 경탄을 향해 느릿느릿 이동하는 듯, 한참 동안 그 우아한 곡선을 내려다본다. 구둣주걱을 뒤꿈치에 끼우고 조심스럽게 발을 밀어넣는데, 그 모습에는 사람의 몸이 빚은 사물 앞에서 가질 수 있는 최선의 겸손이 들어 있다. 주로 다리를 썼던 사람이니 어쨌거나 손을 쓰는 노동의 가치를 아는 것이다. 그 앞에 앉아서 안은 앞코를 손가락으로 누르며 토박스가 차지할 가장 적절한 공간의 부피와 그것이 형성할 공기의 밀도를 가늠한다.

"불편한 곳은요."

"전혀 없습니다."

"걸어봐야 알지요."

그 말을 듣고 유진은 왼발을 축으로 빙그르 돌아서 무대의 반대편 끝까지 나아가는 것처럼 공방의 문을 향해 걷는다. 춤추듯 가벼운 걸음걸이로 걸어가는 동안 공방의 가죽 냄새가 아닌 공원의 녹음이 안을 둘러싼다. 산책자의 발걸음. 거닐고 노니는 걸음. 문 앞에 다다른 유진은 다시 안이 선 쪽으로 돌아서고, 객석을 향해 절하는 솔리스트처럼 팔을 구부려 인사를 보낸다.

"피부의 일부 같습니다. 괜찮은데요."

그리고 안이 알아들을 수 없지만 무용극의 한 대목인 듯한 멜로디를 흥얼거리며 스텝을 밟아선 앙트르샤를 두어 번 해 보인다.

"무늬가 화려하거나 부담스러울 줄 알았는데 적정 수준이고요. 지금 느낌으론 손볼 데가 전혀 없습니다."

"그렇게 치면 딱지나 뾰루지도 피부의 일부거든요. 마저 눌러보게 이쪽으로 다시 와보세요."

"여기서 더 조정을 해야 하나요?"

"선생님이 미처 못 느끼는 부분을 말이죠."

"정말 괜찮고 하나도 안 불편한데……. 이게 다만 분에 넘치는 호사를 누리게 된 데 따른 일시적인 착각이 아니었으면 좋겠군요."

미세한 수정 및 조정 사항을 입력하고 안은 깨끗하고 부드러운 천으로 구두를 잘 닦아서 원래의 케이스에 정중하게 넣는다. 그래 보았자 유진이 가고 나면 다시 꺼내어 후속 작업을 진행할 터라 굳이 상자 속에 들어갈 이유가 없는데, 물건을 취급하는 사소한 동작 하나하나가 고객에게 신뢰를 준다는 사실이 안의 몸에 경험으로 배어 있다.

"누릴 수 있을 때 누리시는 것도 좋지요."

대수롭지 않다는 식의 말로, 안은 이 구두가 어느 정도 수준의 재료를 사용했으며 얼마나 정밀한 노동력이 투입된 고가품인지를 드러낸다. 브랜드 인지도가 가격 상승의 주요인이 되는 명품과는 다른 이유로 형성되는 가격을 두고, 세계적인 브랜드는커녕 듣도 보도 못한 개인이 만든 제품인데 뭐 이리 비싸게 구느냐며 적잖은 고객들이 혀를 내두르고 떠나버리더라도.

"어…… 혹시 이런 거 물어봐도 되는지 모르겠습니다만."

유진의 조심스러운 목소리는 공방 안의 도구와 기계들 사이를 부유하다가 안의 예감 한가운데로 가라앉는다.

"말을 꺼냈다는 건 어차피 물어보실 거잖아요. 하세요."

"대표님은 예전에, 다른 사람에게도 이런…… 아니, 중요한 건 아니지만요."

살짝 긴장할 뻔했는데 궁금한 게 고작 그런 부분이라니, 안은 그 순진한 말에 실소를 터뜨린다. 고민해야 할 진짜 문제가 그런 것과 차원부터 다르다는 사실을 알면 유진의 표정은 어떻게 바뀌려나.

"미아가 구두를 지어달라고 누구를 저한테 데려온 건 처음입니다. 그전에 여기 말고 다른 매장에 또 다른 누구를 데려간 적이 있는지, 선생님 이후에 혹 다음 타자가 있기를 바라시는 건지는 모르겠지만, 최소한 제가 알던 세월에 한해서는 이런 적 없네요."

"그 세월이라는 거 말인데요."

한번 빗장이 풀린 유진의 의문에 가속도가 붙기 시작하는 것을, 안은 느낄 수 있다.

"대표님하고 두 분이 얼마나 오래 알고 지내오신 건지 궁금해서요. 그…… 지난번에 같이 왔을 때도 대표님은 바로 엊그제 본 것처럼 말씀하시는데 사장님은 어딘가 낯선 사람 보는 것처럼 서름한 느낌이었고, 그리고……."

얼마나 오래, 도 그렇겠지만 그보다는 도대체 원래의 인연이 뭐였는지가 궁금할 것이다. 교사와 제자? 한때의 상사와 직원? 종교나 등산 모임? 어딜 봐서.

"저도 모릅니다."

"예?"

"얼마나 오래인지를 저도 모릅니다. 그냥 태어났을 때부터 옆에 있었어요."

"그러니까 뭐 친척 누나나 옆집 소꿉친구 같은 그런."

우리는 언제 태어났는지 왜 하필 우리였는지 모릅니다⋯⋯. 원한다면 안은 정직하게 말할 수도 있지만 어차피 상대방은 다소 난처하다는 듯한 코웃음으로 때울 것이다.

"그런 걸로 해두겠습니다."

그렇게 둘러대니 오히려 유진에게는 의미심장하게 들린 모양이다.

"죄송합니다만 저는 재미로 물어본 게 아닙니다."

허물없이 이름을 불러대며 반말을 하는 사이, 그와 동시에 사회 경제 문화 무엇을 기준으로 삼아도 어느 한쪽이 기울어지는 것처럼 보이는 사이를 뭐라고 부를 수 있는가. 짐작하는 바 그대로를 말할 수 없어서, 그 비슷한 말이라도 입 밖으로 꺼내면 이후 미아와의 관계에 흠집이 날 것만 같다는 듯 유진은 머뭇거린다.

"무슨 생각을 하시는지 대강 알겠는데 그런 관계 아니고요."

안은 이 진지하나 상상력은 부족한 인간에게 있는 그대로의 현실을 퍼부어주고 싶다는, 그들 세

계의 불가능을 가능성으로 가득 찬 현실로 인식하
도록 밀어붙이고 싶다는 충동에 사로잡히지 않기
위해 애쓴다. 그들의 사고와 생활 반경에서 개연
성 없는 허구일 뿐 지금 여기 있는 안은, 미아는 환
상도 신기루도 아닌데.

"선생님은 미아 옆에 얼마나 오래 있을 겁니
까?"

갑자기 왜 딴소리로 돌리는지, 그보다는 당신이
무슨 자격으로 그것을 묻고 심사하느냐는 듯 유진
의 눈에 의혹의 불이 좀 더 선명하게 켜진다.

"대표님과 저, 둘 다 나이도 먹을 만큼 먹은 사
람들이라 번거로운 절차 같은 거 생략해도 되는
줄 알았는데요. 설마 사장님하고 상견례라도 했어
야 하는 걸까요? 아무튼 남동생 같은 거라고 말씀
하시는 거 맞죠?"

이 특별하고도 초월적인 자격을 사람에게 이해
시킬 수 있는 날은 오지 않을 것이다. 누구에게도
부여할 수도 양도할 수도 없는 자리를 사람이 대
체하는 날은, 언제까지나.

"저는 미아가 바라는 건 웬만해선 들어주고 싶

기 때문에 이걸 짓는 것뿐이고."

당신은 언젠가 사라질 테고 미아가 당신과 함께
한 시간은 유실되어 흘러내릴 것이며…… 그 마음
은 부서진 채로 다시는 맞추지 않고 방치할 1천 피
스의 퍼즐 조각처럼 상자 안에 담길 것이다. 그리
고 미아는 어쩌면 당신의 장소에 영원히 도착하지
못할 것이다. 영원이라는 말 자체가 인간들의 구
역에서나 상징적 의미를 가질 뿐인 개념이지만.

"실은 이 구두가 완성되는 대로 선생님이 이걸
신고 미아를 떠나기를 바랍니다."

푸르스름한 빛이 유진의 얼굴에 떠올랐다 사라
진다. 잠깐 말문이 막히는지 어떤 반응을 해야 할
지 망설이는 것처럼 그대로 서 있다가 실소를 터
뜨리기를 선택한 유진은 그러나 웃음 끝에 내는
말이 안의 멱살을 잡아채기라도 하고 싶은 걸 참
는 어조다.

"계속 저한테 농담하면 뭐가 좋으세요?"

출처도 향방도 불분명하게 뒤틀린 심사를 돌이
킬 수 없어서, 안은 고작해야 침범의 언어로만 자
신의 우려와 환멸을 드러낸다.

"미아랑 몇 번이나 자봤어요?"

"그만하시죠."

"미아랑 얼마나 더 오랫동안 잘 수 있을 것 같아요?"

유진이 한 손으로 밀어붙인 탁자 모서리가 안의 정강이를 두 동강 낼 것처럼 부딪친다. 통증은 점점 팽창하여 몸속을 채우고, 안은 그 아픔이 느껴지는 한 언제일지 알 수 없는 끝이 자신과 미아에게도 오리라는 희망을 버리지 않을 수 있다.

"보자 보자 하니까 지금 저랑 뭐 하자는 거예요?"

그리고 안은 소멸이 자신들을 점령하는 순간이 너무 먼 훗날이 아니었으면 좋겠고, 자신과 미아의 마지막에 너무 큰 시간차가 나지 않았으면 좋겠다고도 생각한다.

"대표님은 어디서 이런 걸, 너 뭐 하는 놈이야. 무슨 건수 잡아서 협박이라도 하는 거야?"

협박이라니, 그런 너저분하고 통속적이고 현세적인 거라면 차라리 편리하겠다. 그건 어디까지나 논증 가능한 인간의 삶에 속한 것들이니까.

"기분 상하게 해드렸나요. 미아의 배우자로 제가 인정하는 조건은 딱 하나뿐이었는데요. 그건 세상 누구도 이뤄주지 못할 것 같아서 말입니다."

"네놈 기준이나 조건 같은 거 안 궁금합니다."

그 말만 남기고 유진은 돌아서서 나간다. 풍경이 깨질 듯 짤랑거리는 소리를 들으며 안은 들을 상대가 없는 희망 사항을 입속으로 되뇐다.

그것이 누가 되었든, 이미 감정의 새순을 포착하고 그것을 지켜나가기로 한 미아를 위해, 그녀보다 하루만 더 이 세상에 살아 있어주기를.

부드러운 아웃솔은 갑피와 동일한 가죽으로 한 단계 어두운 색상이며, 거기에 최초의 불안한 걸음마를 지지하기 위해 가죽을 한 겹 덧댄다. 이때 연약한 아기 발을 보호하려면 아무리 수제 식물성으로 덜 유해하더라도 본드는 일체 사용하지 않는 게 좋겠지만 바느질할 때 가죽이 밀릴 우려가 있으니 최소한만 점을 찍듯 발라 붙인다. 까래는 라텍스가 아닌 가죽을 재단하여 역시 본드가 아닌 바느질로 붙인다. 움직일 때마다 설포 중앙에 매달려 달랑거리는 태슬은 크기는 작지만 한 개의 술을 다섯 가닥으로 섬세하게 재단하여 풍성한 느

낌을 주며, 갑피 주위로 둘러 꿰맨 스티치는 촘촘
하고 균일하여 그전에 시인이 어머니를 위한 홀컷
구두를 지었을 때보다 솜씨가 나아졌음을 알 수
있다.

다른 수강생들이 모두 돌아간 뒤 안은 모카신
의 크기에 맞는 더스트백과 무지 상자를 시인에게
건넨다. 막 완성하고 슈케어와 슈샤인으로 단장을
마친 구두는 아무리 작은 거라도 가죽 냄새가 진
동한다. 안은 이 냄새에 대한 호불호 없이, 그렇다
고 대유라고 할 것도 없이 다만 이것이 그의 인생
그 자체이지만, 갓 지은 제품의 가죽 냄새와 신발
을 다듬을 때 사용한 슈크림 냄새를 좋아하지 않
는 사람도 있으므로 하루만 공기가 통하게 두었
다가 포장하라고 조언한다. 더스트백을 여는 순간
사모님이 보고 감동할 거라는 격려와 응원도 잊지
않으며, 오늘로 마지막 수업이지만 다음에 다른
종류의 구두를 만들고 싶으면 또 오라는 당부도
건넨다.

"감사합니다."

시인은 흔쾌히 상자를 받아 든다. 오늘이 아니

면 더는 기회가 없을 것이므로 안은 떠보듯이 묻는다.

"혹시 어머님께서 그 뒤로는."

"아, 그거 말인데요."

시인이 바지 뒷주머니에서 메모지를 한 장 꺼낸다.

"이게 우리 어머니 번호거든요. 실례가 되지 않는다면 선생님이 설득 좀 해주실 수 있으세요? 저는 아무리 괜찮다고, 제 바느질 그거 뭐 대단하냐고 아무리 말씀드려도 안 고치신다고 고집을 부리시네요."

"어…… 제가요?"

안은 엉겁결에 번호를 받아 들지만 어리둥절하다.

"아들이 말하는 걸 안 듣는데 생판 남이 말한다고 들으실까요."

"제가 가서 아예 지불까지 다 끝냈다고, 무조건 들고 가시라고 할까 싶어요. 선생님 괜히 기다리실까봐 일단 번호만 맡겨두는 거예요."

"그러면 뭐, 저는 받아는 두지만 연락주시는 걸

기다리는 쪽으로 하겠습니다."

"예, 어디까지나 만일을 위해서요. 지금 좀 이랬다 저랬다 하시거든요. 고치기로 해놓고 또 마음 바뀌거나 잊어먹고 그럴지 몰라서, 제가 얘기해놓고 한번 따로 전화 드릴게요."

"그러세요. 그리고 일단은 자기 자신의 바느질에 자부심을 가지시고요. 당연히 대단한걸요. 이렇게 아기 신발도 완성하지 않았습니까."

그러나 다시는 사용하지 않을 것처럼 천천히 자기의 고소리와 칼을 만지작거리며 가방에 하나씩 챙겨 넣는 시인에게서 돌아온 대답은 뜻밖이다.

"그게 실은, 이 구두는 신을 사람이 없어요."

안은 의아하게 시인을 바라보다가 비교적 긴 시간이 지나서야 그 짧고도 엄숙한 선언이나 되는 듯한 한 문장, 담담한 목소리에 담긴 진동이 공방에 밀려들어오는 밤공기와 닿아 솟아오르는 파고를 알아차린다. 천 년은 족히 보아왔고 들었으나 결코 익숙해질 수 없는 타인들의 일, 자연의 일이면서 안에게는 아직 닥쳐오지 않은, 그것이 당장 내일이 될지 세상의 끝 날까지 지연될지 알지 못할 일.

"그런…… 대체…… 어떻게……."

그런 일이 있었습니까. 대체 왜 그렇게 되었을까요. 앞으로 어떻게 할 생각입니까……. 밖으로 나오기도 전에 모든 음성이 입술의 문턱을 넘지 못하고 사그라진다. 안은 조산기가 있다던 시인의 아내를 떠올린다. 아이가 부모를 만나 인사 한번 나누지도 못하고, 애초에 태어나지 못했다 한다.

"그러면 그걸, 왜."

관계를 깊이 맺지 않았더라도 수많은 사람을 피상적으로나마 거쳐온 자로서 그 어떤 말도 이 상황에는 부적절하다는 사실을 모르지 않는다. 뭐라고 물을 것인가. 이제 더 이상 신을 사람이 없는데 이걸 왜 끝까지 만들었느냐고? 그 이상으로 무신경한 말은 없을 것이다. 그러나 밑창을 꿰매면서 이걸 신었어야 할 사람에 대해 떠올리는 일이야말로 사람에게 얼마나 잔인한 일이 될지, 이 세상에서 형제들과 미아 이외에 가족을 가져본 적 없는 안도 머리로는 안다.

"그 일이 생기고 처음에는 저도 나름대로 슬픔을 견딘다고, 일종의 애도라고 해야 할지 뭔가 좀 정리하는 마음으로 나머지 작업에 임했는데요. 하는 도중에는 또, 언젠가 그 아이가 우리한테 다시 찾아와주어서 이걸 신을지도 모른다는, 일종의 기원 같은 게 생기더라고요."

시인의 손 안에 담긴 작은 모카신 한 켤레는 세상의 추위와 악의에 날개를 파르르 떠는 한 쌍의 참새처럼 보인다. 아기는 이 같은 세상에 미처 당도해보지 못한 것이다.

"그러면 그때까지, 잘 보관해두실 생각입니까…… 아니, 그게 아니고, 정말 마음고생 많으셨습니다."

위로도 격려도 못 되는 서툰 말이 시인의 미소에 반응하여 허물어져 내린다.

"제 마음고생보다도 아내가 아직 많이 아픕니다. 이건 보여주지 않으려고요. 상자 뚜껑을 여는 순간 세상 누가 보더라도, 아이를 잃은 사람에게 또 다른 아이를 기다리면 그만이라는 뜻으로 비칠 수 있을 테니까요."

"그렇습니까."

먼 옛날 안은, 그러니까 얀이 되기 전 형제들과

함께였을 때도 그런 모습을 흔히 보았다. 가난하고 힘없는 노동자나 농민들의 집안에 새로 태어난 아이는 고유의 영혼을 가진 존재가 아니라 증원된 일꾼이었고, 먹을 입을 지탱하는 도구나 가구의 일부로서 그중 질병과 환난을 이기고 살아남은 아이들만이 어른이 되었는데 그러고 나서도 그 위치나 입장에는 변함이 없는 어른 일꾼이 될 뿐이었다. 부모가 아이의 시신을 묻고 나서의 묵념과 기도는 그 순간은 거짓이 아니지만, 슬픔이라는 사치에 너무 오래 붙들려 있을 수는 없었다. 어서 또 다른 일꾼이 태어나야 했으므로. 그때는 종종 있는 일 정도가 아닌 일상이었고, 사람의 일생에 대해 잘 몰랐던 그는 얀이 되고 나서야 아기라는 존재가 총체적 불안과 비애와 고통과 그럼에도 불구하고 축복을 담은, 세상에서 가장 불가해한 아이러니의 또 다른 이름이라는 걸 조금씩 알게 되었다.

"그런데 결국 우리는, 아내의 상태가 나아지더라도 이후 아이를 갖지 않는 데 합의할지도 몰라요."

그만큼의 세월이 흐른 뒤라면, 그때 가서 그 같

은 결론이 내려진다면 그는 이것을 버리거나 팔 수 있을까. 안이 그동안 만나온 사람들은 대체로 그렇지 않았다. 이미 무의미해진 것이라 한다면 그 무의미에 집요하게 매달렸다.

"그래도 일단 갖고는 있으려고요. 생각해보면, 이제 아이가 없다고 해서 하던 작업을 중단한다는 게, 그건 좀 아닌 것 같았어요. 누구도 신지 않을 것, 사용하지 않을 것이라고 해서…… 더는 쓸데 없어진 것이라는 이유로, 아름답게 완성시키면 안 되나?"

시인의 마지막 마디는 대화의 일부라기보다는 혼자만의 다짐에 가깝다. 시인의 그러한 눈 속에서 안은 본다. 조그맣게 꿈틀거리는 초음파 영상 속의 손과 발, 그리고 미소라고 여겨지는 희미한 입짓의 잔영을. 어디서부터 어디까지가 무슨 기관 인지 알아볼 수 없지만, 첫 만남과 생에 대한 기대로 맹렬하게 뛰던 심장을. 그리고 이제는 결코 안 이 도울 수 없는 상실을. 안은 자신에게 주어진 것이 설마 정말 영생이기라도 하다면, 그것을 떼어 다가 누군가와 나누는 일은 어째서 허락되지 않았는지를 알고 싶다.

"뭐, 그런 생각이 들었다는 이야기예요."

그러면서 시인이 내민 한 손은 이별을 고하는 악수임을, 안은 알아차린다.

"선생님은 신경 쓰실 거 없어요. 이걸 꿰매는 동안 제가 좋았으니까."

안은 머뭇거리다가 시인의 손을, 아마도 다시 볼 날은 없을 손을 쥐고 천천히 위아래로 흔든다.

시인이 떠난 뒤로도, 안은 더스트백 안에서 언제까지고 밖으로 나오지 않을지도 모를 아기용 모카신에 대해 생각한다.

너무 꼭 쥐어 구겨진 메모지 뭉치를 내려다보고 문득 종이를 펼쳐 보니, 시인이 열한 자리의 전화번호 밑에 어머니의 이름을 병기해둔 것이 보인다. 오랫동안 잊고 지낸 시간들이 안의 가슴속에 두툼하게 말아두었던 가죽처럼 펼쳐진다. 그녀와 보낸 시절 동안 그전까지 출현이 뜸했던 존재들의 모습이 창에 맺힌 빗물 속에 드러나 보이는 순간도 겪었는데. 어떻게 이 이름을 잊고 살 수 있었을까.

안은 미아가 공방에 들어서자마자 고소리나 최소한 구두 한 짝이라도 제 면전에 날아올 줄로 알았는데, 뜻밖에도 미아는 전날 방문 시간을 잡느라 통화할 때도 별말 없었을뿐더러 들어와서도 확신과 기대 이외의 다른 빛이 얼굴에 나타나지 않는다. 최소한 시치미 떼는 눈치는 아니다. 얘기를…… 안 했나, 그 하루살이가.

"본인이 함께 왔으면 좋았을 걸."

그렇게 떠보아도 미아의 표정에는 별반 동요나 불편이 드러나지 않는다.

"그러게. 무대 준비가 막바지라고 어쩔 수 없다

면서 아쉬워하더라. 그래도 가봉을 거쳤으니까 이제 와서 문제는 없겠지. 그때도 이미 딱 맞아서 더하고 덜할 것도 없었대."

안은 미아 앞에 올려둔 상자 뚜껑을 연다. 곧 얼굴을 수그려 갑피에 입술이라도 댈 것만 같은 미아의 복합적인 표정은, 형제들이 어떤 이유나 당위나 보상을 생각지 않고 지은 것으론 마지막이라고 볼 수 있는, 가난한 구두장이 부부가 잠든 곁 작업대 위의 구두를 떠올리는 듯하다. 유진과 같은 보통의 사람이 미처 감지하지 못하는 영역에 새겨진 감정이, 유한과 무한의 사이 그 어디엔가 자리한 존재의 오랜 허무가, 한 켤레의 구두에 담겨 있다. 미아라면 아무리 오랫동안 바늘을 손에서 놓았다 하더라도 이는 바늘을 쥔 시간에 비하면 턱없이 짧으니, 한 땀의 웰트 안에 떠진 아름다움과 고통을 당연하다는 듯이 읽어낼 것이다.

"뭘 그렇게 봐. 이만한 건 그 정도 돈만 들이면 어디서든 사는데."

미아와 유진 사이에 아무런 요동의 기미가 없음을 알게 되자 마음 어딘가가 시뜻해지고, 안은 자신이 고요를 바랐는지 소요를 바랐던 건지 알 수 없는 심사가 되어버린다.

"네가 지은 구두를 내가 한두 켤레 본 것도 아닌데 2, 3백 년도 더 된 먼 옛날 일 같고, 새삼 놀랄 것 없이 완벽하다는 걸 알고 있었는데도 오랜만에 직접 보니까 괜히 특별하잖아."

안은 말하지 않을 것이다. 너도 옛날에는 이렇게…… 이보다 더 곱고 가벼운 구두를 지었어, 나는 따라할 수도 없는 속도로 웰트를 꿰맸다고. 그 행위에 의미를 부여해서가 아니라, 그저 우리가 할 줄 아는 일은 그것뿐이었기에, 그 무심함과 무지로 인해 더욱 빛나던 아름다움을 기억한다고. 가죽과 가죽을 바늘과 실로 잇는 행위는, 우리에게 있어서 숨 쉬는 것이나 물을 마시는 것과 다르지 않았다고. 무두질이 잘되어 싱그러운 냄새를 풍기는 가죽에 바늘을 대는 순간, 바늘은 저절로 노래를 불렀다. 노동은 영원한 이명과도 같이 그들에게 달라붙은 것이어서, 노래를 부르고 춤을 추듯 일하는 것이 존재의 몫이었다. 목소리만이 아닌 온몸의 노래. 구두에 새겨진 한 땀의 스티치마다 하나의 음계였고, 한 켤레의 구두는 왼쪽과 오른쪽이 만나는 화음이었다.

참을 수 없이, 질리도록 완벽했던 날들의 노래를 너는 잊지 않았을 텐데. 몸을 입은 후에도, 노동의 고통을 더욱 선명히 알게 된 뒤로도 너는 깎아낸 가죽 언저리와 바늘 끝에서 스며 나오는 사물의 기운과 기억을 경건하게 다루며 그것이 인간의 생활에 가져오는 중요성을 잊지 않으려고 했는데.

"빨리 가서 신겨봐야겠다."

흥분과 기쁨으로 서둘러 상자 뚜껑을 닫는 미아의 어깨를 잡아채듯이 안은 말하고 만다.

"나는 이해할 수 없어. 그 사라지는 걸⋯⋯."

그리고 그 불가해의 원인이 되는 감정을 뭐라고 명명하면 좋을지를. 그때 안의 머릿속에 떠오른 것은, 알에서 갓 깨어난 참새만 같던 모카신이다. 안의 한 손에 한 켤레가 다 올라가고도 남을 만큼 작고 작은 아기 신발. 돌아서던 시인의 모습이 안의 가슴속에 얼룩처럼 배어 있다. 사라질 것을 알면서 곁에 두겠다는 걸, 이해하고 싶지 않다. 신을 사람이 없는데도 끝까지 모카신을 완성하는 마음을. 필멸과 순환이라는 이름으로 떠나고 돌아오고 떠나기를 반복하는 자연의 섭리를. 그러나 가장 이해할 수 없는 것은 따로 있다. 자신이, 미아가, 왜 아직까지 이런 형태로 살아 있는지를. 어쩌면 신은 존재로 하여금 또 다른 존재와 그들을 둘러싼 모든 것을 이해할 수 있도록 설계하지 않았을 것이다. 이해하고 싶은 강렬한 소망과 그것이 충족되지 않는 데서 비롯한 절망만을 존재 안에 배열했을 뿐.

"그 사람이 너한테 뭐라고 안 해? 가봉하고 난 다음에 별말 없었느냐고."

그걸 신고 너를 떠나라고 했다. 어쩌면 불멸할지 모르는 존재를 버리라고 암시를 주었다. 그러기 위해 너를 깎아내려가면서 이죽거리고 부추겼다. 그러나 유진은 정말로 그 모욕에 대해 일언반구도 없었던 모양으로, 미아는 마침 생각났다는 듯이 가방을 뒤진다.

"어, 그러고 보니까 이걸 줬어. 내 정신 좀 봐."

그렇게 말하며 꺼낸 것은 관제엽서만 한 프린트 출력물이다.

"처음에는 학생들 졸업 공연하는 거라서 보여주기 민망하다고, 오지 말라는 식이었거든. 그랬는데 졸업생들 지인들이 다 오는 게 아니어서 강당이 조금 휑할지도 모른다고. 시간 괜찮으면 같이 오래. 다른 학과도 공연장을 사용해야 하니까, 이 팀은 딱 하루 하는 거라서 나도 일정 하나 미리 당겨서 처리해놓고 가려고."

안은 각각의 프로그램 제목이 명기된 무료 초대권의 날짜와 시간을 말없이 내려다본다.

"학생들 공연을 내가 뭐하러."

"그게 실은 홍보 차원에서 이 사람도 무대에 끼게 됐대. 위에서 시키는 거라고 하네 마네 망설이더니 결국. 자기도 민망하다고 하더라고. 물론 학생들 위주로 하는 거니까 자기는 아주 작은 배경 역할이라고, 거의 바람에 흔들리는 나뭇가지나 촛대 수준이니까 기대는 말라고 하더라."

"됐다. 너나 봐. 네 사람이잖아."

"가게 많이 바쁜가 보구나. 그래도 혹시 시간 맞으면 와. 초대권은 두고 갈게. 아마 이거 없이 당일에 그냥 와도 입장은 가능할 거야."

미아는 구두 상자를 옆구리에 끼고 차 키를 집어 들다가 문득 묻는다.

"우리가 처음 지었던 구두를 기억해?"

안은 우리라는 존재가 언제 어디에서 비롯했는지, 언제부터 서로가 우리였는지도 알지 못하지만 형제들과 함께 처음 지었던 구두에 대한 기억만은 선명한데, 그의 기억과 미아가 처음이라고 부르는 기억의 자리가 서로 다를 수 있어서 입을 열지 않는다. 그것은 완전히 한 켤레의 구두를 지었다고 하기에는 어딘가 불완전한 작업이었지만, 존재들에게 있어서는 의식의 기원이면서 세계라는 불빛이 처음으로 점등된 순간이기도 했다.

"아까 네가 했던 말 있잖아."

미아는 그 언젠가 다른 배를 타고 떠나겠다고 결심했던 날처럼 거의 날카롭다고 할 만한 명쾌함과, 자신의 선택에 대한 만족감으로 빛나는 표정을 숨기지 않는다.

"사라질 거니까, 닳아 없어지고 죽어가는 것을 아니까 지금이 아니면 안 돼."

이상기후로 예년보다 이르게 찾아온 11월의 눈송이를 맞으며 안은 예술대학 건물 전면을 바라본다. 존재의 껍질을 벗은 뒤에도 안은 눈송이와 빗방울을 좋아했는데, 그 사이사이로 자신과 형제들과 닮았으면서도 또 다른 모습을 한 수많은 존재들이 거닐고 뛰노는 것을 비교적 선명하게 볼 수 있어서였다. 그 존재들이 자연 속에서 맡은 역할은 무엇인지, 그들 존재의 의미는 무엇이었을지 다가가 물어본 적은 없다. 그게 궁금해진 것이 지금의 몸을 입고 나서부터이기 때문이다. 하여 이후엔 밝혀낼 수 없게 된 비밀을 상상으로 대체했다. 눈앞에 보이는 이 사람들도 어디선가 구두를 짓던 존재들이 변모한 것일지도 모른다고, 아니면 빵을 발효시켜 부풀리는 존재들, 물의 흐름을 주관하는 존재들, 임박한 계절의 변화를 알리며 파종과 경작과 수확을 독려하는 존재들……. 사람들 속에서 살아가는 동안 비와 눈은 음악적이거나 율동적인 의미로서보다는 주로 생존과 직결되는 문제로 인식되었고, 그 안에서 춤추는 존재들은 어쩌다 한 번씩 드물게 모습을 나타냈다가 전기의 시대에 접어든 뒤로는 소멸되다시피 했다.

안은 생각한다. 한때 우리는 존재하는 '무엇'이 아니라 존재 그 자체였다. 우리는 명사인 동시에 동사였다. 모두 하나처럼 보이는 동시에 서로 다른 음계를 지닌, 과거이면서 현재이기도 하고 미래인 것도 같으나 실은 시간에 속해 있지 않은 존재들이 빚어내는 음악의 일부였다. 미아와 형제들과 함께, 언제까지고 존재들 가운데 하나로 머물렀다면 자신들 또한 지나치게 눈부신 인공의 빛과 지속적으로 낮게 신음하는 기계의 굉음에 끼이고 부서져 사라졌을지 모르는데 그게 차라리 나았을지도.

과거에 비하면 줄어들기도 했겠지만 모두 다 사라진 게 아니라 보이지 않을 뿐이라고, 그들을 보기엔 우리 눈이 너무 나빠져서…… 우리가 오염되어버려서일 거야. 고요한 숲이나 박명 한가운데에서조차 존재들을 목격하는 빈도가 점차 줄어들다가 보기가 힘들어졌을 무렵 미아는 그렇게 말했다. 생활을 위한 일을 해야 했고, 일하면서 품삯을 제대로 받지 못했고 그래서 추웠고 배고팠고 머리맡 등잔에 불을 밝힐 기름도 없고 곁눈질을 할 여유도 없어서, 우리가 그들을 필요로 하지 않아서 보이지 않게 되었다고. 단지 존재들이 있을 장소를 빼앗겨서 떠난 것만도 아니라고 생각해. 그들은 세계에 분포한 무한한 온유와 끈기가 응집된 결과물일 거거든. 우리도 이렇게 변모하지 않았다면 우리의 감각은 여전히 그들의 세계와 연결되어 있었을지도. 그렇게 말하면서 미아는, 혹사당하고 상처 입은 흙과 나무와 물 그리고 공기 같은 것들—존재들이 주로 기거하는 장소—이, 명백하게 죽어가고 있음에도 아직까지 버티어내고 있다는 점에서, 자연이야말로 인간들이 끓이고 녹이고 붓고 주조한 강철보다도 강하다고 말했다. 이런 상태에서 존재들이 엄연한 현실로부터 박리되어 이미지나 관념으로만 남게 된 것은 하나도 이상하지 않다고.

자취를 감춘 것으로 보이나 실은 거기 그대로 있었을 존재들이 잠깐이나마 흰 눈 속에서 고개를 다시 내밀 것만 같다. 어제까지의 모든 날들은 착각 내지는 백일몽이었다고, 안과 미아는 여전히 명명하거나 구분할 필요 없이 다 해서 몇 명이었는지도 기억나지 않는 형제들과 함께 바늘을 들고 춤추는 작은 존재들이라고, 누군가가 귀띔해줄 것만 같다.

지하 소강당 입구에서 나눠준 프로그램을 보니 중간에 15분의 휴식 시간, 앞뒤로 각각 45분과 한 시간짜리 공연이 있다. 졸업생 전원이 참여하는 게 원칙이고 같은 날 다른 학과의 발표회도 있어서, 1부인 실용음악학과 학생들의 연주회가 끝난 뒤 2부가 무대공연연출학과의 무언 무용극인데 한 시간이라면 무용과 음악 안에 스토리를 담아낼 시간으로는 충분하지 않을 듯싶다. 표정과 몸짓,

음악과 분위기를 동원하여 스토리를 경제적으로 압축 전개하는 것이 해당 학과가 보여주는 연출 역량인 모양이다.

그런 줄 모르고 괜히 1부 시작 시간에 맞춰 온 것이 후회되어 안은 입구에서 머뭇거리는데, 그때 마침 도착한 미아한테 붙들린다.

"못 올 거 같다더니 나보다 먼저 왔네."

미아의 한 팔에 꽃다발이 안겨 있어 그녀가 움 직일 때마다 꽃이 입은 한지 외투가 서걱거리는 소리를 낸다.

"잘됐다. 같이 앉자."

"아니, 나는 나중에……."

휴식 시간에 다시 올까 싶었다고, 안이 손을 내 저을 틈도 없이 미아는 그의 팔을 잡아당겨 무대 가 잘 보이는 자리를 확보한다.

"관계자도 아닌데 이렇게 코앞까지는 좀."

"누가 그걸 알아본대. 우리도 저 아이들 가운데 누군가의 가족으로밖에 안 보일 거야."

안은 못 이기는 척 미아가 이끄는 대로 따라가 서 객석이 한눈에 잘 들어오는 자리에 앉는다. 학장을 포함 내빈의 인사말에 영혼 없는 박수를 몇 번이나 보내고 나니 비로드 막이 걷힌다. 연주를 위한 각종 전기장치와 마이크, 악기가 이미 배열되어 있으며 학생들이 각자의 마이크 앞에서 대기 중이다.

창작곡을 발표하는 학생들은 성량이 크고 연주 솜씨도 수준급에 애드리브도 현란하다. 어떤 곡은 음산하고 다음 곡은 뭉클하며 그다음 곡은 경쾌하다. 팀이 바뀔 때마다 집중도가 달라지고 어느 보컬은 박수를 유도한다. 그들의 손끝과 입술에서 진동하는 소리가 무대에서 뿜어져 나와선 객석을 쓸고 지나간다. 앰프가 낡아 소리는 깨끗하지 않지만 안은 피부를 찌르고 근육을 간질이며 통과하는 그 소리를 붙들 수라도 있을 것처럼 순간적으로 어깨를 양손으로 움켜쥔다. 존재들이 있던 시절, 그 자신도 미아도 존재들 가운데 하나였던 때, 이런 노랫소리나 그 밖의 소음들이 서로 조금도 구별되지 않고 온전히 자신의 몸에 흡수되곤 했다. 지금의 몸과는 다른, 소리를 온몸으로 껴안을 수 있는 존재였던 그 무렵에는 앰프도 전파도 없고 무언가를 멀리까지 전달하는 데에는 천둥을 비롯한 신의 목소리 말고 다른 방도가 없었음에도 온 세상의 소리가 몸속으로 들어왔다. 몸이 곧 소리였고 그들은 소리로 이루어져 있었다. 육肉이라는 형태를 갖추고 나서야, 소리란 몸의 일부가 아니고 한순간 몸에 닿을 뿐 머무르거나 고일 수 없으며 매질을 타고 팽창하다 부서지고 흩어지고 사라지는 것임을 알게 되었다.

그러니 형태야말로 궁극의 빈곤이다.

아무리 그래도 그만한 폭언을 해놓고 이건 좀 아니지 싶어, 쉬는 시간에 안은 슬그머니 객석을 빠져나온다. 손을 씻는 동안 미아에게 보내놓을 말을 연습한다. 갑자기 가게에 손님이 왔대, 정도면 괜찮으려나. 이대로 학교를 빠져나가 전철에 오른 뒤에 문자라도 한 통 보내놓으면 그만이다……

……그러나 안은 지금 자신이 그래버리면 훗날 미아가 다시 떠난대도 막을 명분이 없어질 것임을 안다.

손을 말리고 나오는데 한 무리의 분장한 학생들이 우르르 달려가는 너머로, 유진과 눈이 마주친다. 일전의 원한을 잊지는 않은 듯 유진은 어딘가 이를 갈고 벼르는 듯한 표정으로 미소를 지으며 고개를 숙여 보인다.

"와주셨네요. 좀 이따 저희 학생들 시작입니다."

"미아는…… 객석에 있습니다."

"알아요. 같이 오셨죠? 이따 일정 괜찮으시면 늦은 저녁이라도 셋이 하지요."

너는 나랑…… 밥 같은 걸 먹고 싶은가. 하긴 무대를 앞두고 주먹질을 할 수는 없고, 그렇다고 딱히 용건도 없는 상태에서의 이야기라면 식사로 흘러가는 게 자연스럽겠다.

그때 문득 내려다본 유진의 구두는, 신은 지 며칠 되지 않았을 것인데 자잘한 흠집이 전체적으로 나 있다. 이걸 신고 건설 현장에라도 다녀온 게 아니면 얼마나 부지런히 걸어다녔는지 알 것 같다. 외부에 상시 노출되는 물건을 지나치게 까다롭게 관리해서야 본말전도이고 구두는 그것을 신는 사람의 생활감과 전투력을 보여주는 것일 뿐이지만,

그래도 말이다.

"거기 벽에 좀 기대보실까요."

유진은 말뜻을 알 수 없어 머뭇거리다가 마침 복도를 통행하던 이들과 어깨를 부딪치는 바람에 떠밀리듯 벽에 기대선다. 안은 재킷 안주머니에서 휴대용 슈크림과 손수건을 꺼내더니 그 앞에 앉아 심한 상처에 빠르게 크림을 도포한다.

"애지중지해야 하는 건 아닌데 그냥 눈에 띄어 서요. 30초씩 양쪽 1분이면 됩니다."

"아니 그 얘기를 먼저 하시지, 설명이 매번 뒤늦 거나 부족하시네요."

그 부족한 말이라도, 뒤늦게라도 누군가에게 가 닿아야 하지 않을지를 안은 지난 며칠째 생각하고 있다. 예를 들면 시인의 어머니. 다시 이름을 알게 되고 나서부터 그 노부인에 대한 생각이 안의 온 몸에 들러붙어 떨어지지 않는다. 그리움이나 죄책 감과는 조금 다른 것도 같은, 그렇다고 깊은 허무 도 환멸도 아닌 사념의 사금파리들이.

"이거 말인데요, 디자인도 마음에 들고 지난번 보다도 훨씬 편안한데 신는 동안 완전히 익숙해졌습니다."

"잘됐네요."

안은 시선을 들어 올리지 않고 유진의 구두에
집중하는 그대로 심상히 대꾸한다.

"그런데 사장님은 그런 걸 항상 들고 다니세
요?"

"직업병입니다."

"이런 거 보면 못 견디시는 거군요. 앞으론 신경
좀 쓰겠습니다."

"저는 일이 이래서 그런 거고 선생님은 그냥 편
하게 신으시면 됩니다. 물론 이렇게 흉터 난 데를
틈틈이 채워주면 하루라도 더 오래가긴 합니다."

거기까지 말했을 때는 이미 양쪽 응급처치가 끝
난 뒤다. 물을 바르면 광이 좀 더 회복되고 마무리
까지 완벽하겠지만 지금은 그럴 시간까지는 없을
것 같아서 안은 바닥에서 몸을 일으킨다.

"지난번에는……."

미안했다고, 진심으로 그렇게 생각하지 않더라
도 일단 말해야 하는데. 그리고 자초지종을, 믿어
주든지 말든지 설명해야 할 것이다. 미래의 부재

와 미완의 영원에 대해. 그러나 유진은 선선한 태도로 안의 어깨를 가볍게 친다.

"그 얘기도 이따 하기로 합시다. 삼자대면을 해야 뭐라도 얘기가 될 거 같아서요."

그 기세에 결국 안은 공연 끝까지 남아 있을 뿐만 아니라 저녁 합석까지 하기로 약속하고 만다.

2부 공연은 〈오이디푸스왕〉을 각색한 것으로 무대에 오른 학생들은 슈트나 플리츠 원피스 같은 현대적인 의상을 착용했고 스핑크스 역할로 짐작되는 학생은 기계를 형상화한 듯싶은 기괴하고 파격적인 분장으로 괴물의 속성을 반영했다. 영화에서는 주로 이집트 파라오 같은 모자를 쓰고 하반신은 거대한 네발짐승으로 묘사되는 스핑크스가, 현대를 배경으로 해 주인공의 진입 내지는 통과를 막는 기계장치로 나타난 것 같다. 아무려나 주인공은 기계가 토해낸 알고리즘 문제를 풀었는지 해킹을 했는지 기계를 작동 불능 상태로 만들고 그곳을 떠나간다. 안은 흐름을 대강 짐작할 수 있지만 그건 이 무대를 보러 오기 전에 프로그램의 제

목을 일별하고서 〈오이디푸스왕〉의 원래 내용을 한번 훑어보고 왔으니 끼워 맞추는 수준일 뿐, 아무래도 무언극이라는 특성상 대단히 정교한 연출이 아니면 무슨 이야기인지 따라잡지 못할 것 같다. 그러나 이야기를 몰라도 쉴 틈 없이 음악과 동작이 무대를 채우기에 감각은 이를 따라가게 되며, 관객 대부분은 가족과 친구 등 자신의 관계자를 눈으로 쫓으며 휴대전화로 촬영하느라 이야기의 완성도에는 집착하지 않는다. 저마다 가슴에 한두 다발씩 꽃을 안고서, 비닐과 종이가 부스럭거리는 소리에 신경이 쓰이는지 몇 번을 고쳐 쥔다. 움직임에 따라 꽃들의 배열이 흐트러지는가 하면 꽃잎이 몇 장 떨어지기도 한다. 객석은 짙은 꽃향기로 채워지고 꽃들 사이로 피어오르는 물안개가 어둠 속에서도 보인다. 실내 난방에 벌써 숨이 죽은 꽃들도 있겠으나 대부분은 관리를 얼마나 잘하는가에 따라 이번 주 또는 다음 주까지 생명력을 유지할 것이다.

꽃받침에 아무리 단단히 매달리더라도 길어야 한두 주의 유예라니, 살아 있는 모든 것이…… 구체적으로는 살아 있는 것이 뿜어내는 모든 것들의 유효기간이 어쩌면 이리 짧은가. 무대에서 제 눈을 찌르는 시늉을 하는 오이디푸스를 보며 안은 생각한다. 하나의 동작은 한 송이의 꽃과 같아, 개화를 시작하여 이어지는 순간만 살아 있고 동작이 완결되는 순간 소멸한다. 음악은 그것이 연주되는 동안만 살아 있으며 사실상 연주라는 것은 소리가 자신의 죽음을 향해서 나아가는 행위다.

그렇다면 모든 것이 차라리 생겨나지 않았어야 하는 게 아닐까? *태어나지 않는 것이 좋다. 이미 세상에 태어났다면 되도록 빨리 죽을 일이다.* 소포클레스의 비극에는 그런 대사가 나오면서 인간의 운명과 세계의 허무를 보여주는 것 같지만, 이 극에는 대사가 없다. 다만 세상에 미처 당도하지 못한 아기의 모카신과, 삶을 얻었기에 만날 수 있었던 작고 가녀린 존재들이 안의 마음속에 양각화를 그린다.

"그 사람 나왔어."

상태가 좋지 않은 스피커가 뿜어내는 음악 한가운데에서도 미아의 속삭임이 귀에 닿아 안은 고개를 든다. 다른 학생들과 유진이 함께 무대 위로 미끄러지듯이 등장하는 모습은, 형제들과 헤매던 중세의 검은 숲에서 나무들 사이로 흐르던 별무리를 떠오르게 한다. 유진은 부상 후유증에 나이도 있고 연골이 예전만 못할 텐데도 옆의 나무나 돌이나 건물 배경을 구성하는 학생들과 리듬은 물론 박자며 비거리도 잘 맞추고 있다. 솔리스트의 자리에서 내려왔지만 무대가 온전히 자기 것이었던 적 있는 사람임을, 안은 실감한다. 가뭇없이 사라질 것임에도 불구하고 이미 불이 밝혀진 몸으로 심지가 다 타들어갈 때까지 허공에 자신의 움직임을 그려 넣고자 하는 인간의 열의는, 존재들이 어떤 신념이나 의지 같은 개념이 없이 수행하던 삶속의 이치들을 닮은 것 같다. 신이 그리하라고 명한 게 아니라면 달리 설명할 길 없는 행위들을.

안은 오전의 작업대에서 저부를 진행하다 놔두고 온 신규 고객의 주문 제작 구두를 떠올린다. 오래도록 빛과 바람과 물에 닿고 휘어지고 꺾어지며 언젠가는 한 줌의 먼지가 될 것을 알면서도 구두장이는 슈크림과 물을 발라가며 가죽 표면에 광을

낸다. 그보다 더 빨리 닳아 없어질 밑창과 깔창을, 그럼에도 불구하고 하루라도 더 오래가게 하기 위해 더욱 질 좋은 가죽으로 고르고 어떤 방식으로 무두질했는지에 신경을 쓴다.

그러니 눈앞에 보이고 들리고 만져지는 모든 것은 찰나의 지속 반복이자 지연된 소멸의 결과물이다.

"신전에서였지, 우리."

밑도 끝도 없이 혼잣말에 가까운 형제의 목소리를 듣고 돌아본 미아는 단순한 공감이나 동질감 이상으로 융합에 가까운 미소를 띠며 고개를 끄덕이고, 미아와 최초의 기억이 일치함을 알게 된 안은 안도의 한숨을 내쉰다.

그들이 존재였던 때, 언제부터 그러한 존재로 살아오고 있었는지 알지 못하는 무렵이면서 어떤 윤곽과 채도를 갖지도 못했던 시절에, 신전 앞에서 한 어린 노예를 보았다. 신전은 신분이 높은 사람들이 신에 대한 경애의 표시로 신발을 벗고 입장하는 곳이었고, 맨발의 어린 노예는 보석과 가죽을 엮어 만든 그 고가품이 없어지지 않도록 신전 밖의 길바닥에서 그것을 지키고 앉아 있었다. 신전의 광휘와 대조되는, 노예들의 얼룩진 옷과 표정들. 선택받은 특별한 자들의 기도를 들어주시는 신의 거처에서 떨어진 채로, 저마다의 앞에 희미한 거미줄이자 목숨 줄인 주인의 신발을 지키고.

이때 마찬가지로 각자 주인의 신발을 지키던 다른 노예들과 사소한 시비가 붙으면서 누군가가 그것을 품에서 빼앗아 내동댕이쳤고, 어린 노예는 망가진 신발을 내려다보며 주저앉았다. 그 앞에 기도하듯 웅크린 어깨의 떨림, 도래하는 죽음에의 예감과 절망, 그것을 던진 이를 포함하여 다른 노예들은 팽팽한 긴장과 두려움을 모른 척 시치미를 떼고 각자의 주인들이 기도를 마치기를 기다리고 있었다. 지나가다 그것을 본 형제 가운데 하나가 저 아이를 도와주자고 이야기했으며, 숨죽여 우는 아이 앞에서 형제들은 흩어진 보석과 끈을 모아다가 원래 모습대로 만들어주었다. 한 번 흘끗 본 신발인데도, 그들은 이전에 신발을 만들던 기억이 없고 이 세상에 언제 어느 때 왔는지 모르는데도,

마치 처음부터 신발을 만들기 위해 온 것처럼 자연스럽고도 아름답게, 무엇보다 신속하게 그것을 복구했다. 그들의 기술은 그것이 원래 갖고 있던 고유의 물성을 회복할 뿐만 아니라 사물의 한층 더 깊은 빛을 끌어내기에 이르렀다. 울던 아이도, 저마다 주인을 기다리던 다른 이들도 고개를 들곤 오히려 그 전보다도 완벽한 신발 한 켤레가 그 자리에 놓여 있는 걸 보자, 이것이야말로 신탁이자 기적이라고 여겼다. 아이는 누가 이것을 새로이 만들어주었는지 이 모습을 본 누구라도 가르쳐달라고 소리치며 양팔을 허우적거렸지만 사람들의 눈에는 그 존재들이 보이지 않았다. 아이는 신발을 꼭 끌어안고서, 그들이 있는 올바른 방향을 알지 못하여 다만 팔방으로 여러 번 허리를 숙여 엎드리며, 채찍질과 굶주림을 면하게 해주신 신에게 감사 인사를 올렸다. 그리고 주인들이 기도를 마치고 나오기 직전까지 신전 앞에서 신발을 한 짝씩 손에 들고 춤을 추었다. 신발을 들고 너풀거리는 팔은 날개 같았고 아이는 그대로 하늘로 올라갈 수도 있을 것처럼 가벼워 보였다.

그것은 기억하기로 그들이 세상에 와서 처음으로 지은 구두였을 것이며, 안은 숙명이나 법칙과 무관하고 부나 명예나 아름다움에의 탐닉이 아닌, 다만 누군가의 미소와 누군가의 평화를 위해 구두를 지은 것이 그들의 시작이었음을 잊지 않았다.

그로부터 수많은 세월의 켜가 쌓이고 가난한 구두장이 부부의 작업대에 매일 밤 한 켤레 두 켤레 네 켤레의 구두를 올려놓으며 여덟 켤레에 이른 어느 날 새벽, 부부가 준비한 답례품을 입고 신은 뒤 사람의 몸을 갖게 되고 나서도 그들은 최초의 구두를 오랫동안 떠올리곤 했다. 그들이 이 같은 불완전한 몸, 신이 배열하고 조율한 자연의 순리에 어긋나는 육신을 입게 된 것이 오랜 노동 끝의 선물인지 저주인지, 이 몸의 의미가 어디 있는지는 알 수 없으나 굳이 알지 않아도 될 것이었다. 최초의 마음을 잊지 않는다면.

안은 공연이 끝난 뒤 시인의 집에 전화를 할 것이다. 그의 어머니를 바꿔달라고 할 것이다. 서로 모르는 사람이 되어, 처음부터 다시 시작하는 꿈을 꾸지는 않더라도, 당신에게 가장 편안하고 아름답고 가벼운 구두를 지어드리고 싶으니 시간을 내어 가게에 잠깐만 들러달라고 말할지도 모른다. 그저 당신은 알지 못하는 어떤 이유 때문에 내가 당신에게 선물하고 싶을 뿐이라고, 사실은 선물보다는 빚에 가까운 거라고 말하지는 않겠지만. 그러다 보면 오랜 옛날의 소액환금영수증서가 담긴 봉투를 그녀에게 보여줄 날이 올지도 모르지. 그녀 역시 그의 얼굴만 희미하게 남았을 뿐 이름은 알지 못하더라도, 이제는 안이 그녀의 이름을 알고 있으니 괜찮다. 이 생에서 두 번을 만난 데에는 이유가 있지 않을까. 그녀의 사라져가는 시간을, 닳아져가는 삶을 마지막까지 지켜보아주어야 한다는. 물을 머금어본 적 없이 방치되어 말라비틀어진 씨앗 같은 기억에, 이제라도 솜을 깔고 현재를 분무해주어야 한다는. 그 행위가 비록 무용하더라도, 씨앗을 간직해온 사람에게 보일 수 있는 유일한 예의인지도 모른다. 언젠가는 망각과 기억 사이에 난 미로 같은 길들을 따라 육신의 출구를 향해 걸어가는 그녀의 뒷모습을 배웅하는 일이, 자신의 몫인 것만 같다.

"이따 저녁 같이하자던데."

"아, 밖에서 만났어? 그렇게 하자. 나도 그 말 하려고 했어."

"내가 눈치 없이 끼어도 되나."

"가족이랑 상견례 못 했다고 간단하게 얼굴 보자는 거야. 캐주얼하게 있어도 돼. 그냥 가볍게 술 한잔하러 갈 수도 있어."

"무슨 말을 하려고 그러는지."

어쩌면 착석하기도 전에 주먹이 오갈 수도 있다고 미리 얘기해두어야 하나 안은 고민하는데, 그 말을 꺼낼 틈도 없이 미아가 옷소매를 잡아당기며 속삭인다.

"얀, 저기 봐. 혹시 너도 보여?"

그 말에 따라 무대로 시선을 돌린 안은, 자기가 본 이상한 인광이 무대장치의 일종 또는 무대조명의 반사인가 싶어 눈을 두어 번 깜박인다. 유진의 손짓이 머무는 곳에, 발끝이 닿은 자리에 물방울처럼 튀어 오르는 작은 존재들이 보인다. 다른 사람들의 눈에는 정말로 보이지 않는 걸까. 하나, 둘, 셋……. 마지막으로 목격한 지 오래되어 확신할 수 없으나 분명 인간의 지식으로 판독할 수 없는 무언가가 음악에 몸을 맡기고 부드러운 동작으로 무대를 서성이고 있다. 그 존재들은 처음에는 어떤 회의도 불신도 반감도 갖지 않은 빛으로만 감지되었다가 파장의 움직임이 조금씩 선명해지면서 소리와 냄새로도 느껴지고, 어느 때는 한 폭의 움직이는 그림이었다가 타오르는 횃불이었다가 녹아내리는 눈송이였다가 하면서 속성을 자유로이 바꾸더니 다음 순간 리듬과 박자를 갖춘 음악이었다가 마침내는 영원히 낭독이 불가능한 언어로 이루어진 한 편의 시처럼 보인다.

안은 웬만해서는 말하지 않을 것이다. 미아, 너의 마음을 헤아리는 것은 물론이거니와 언젠가 네가 혼자가 되더라도 사실은 처음부터 그 결정을 존중한다고. 우리에게는 찰나에 불과한 시간만을 머물렀다가 부서지고 사라질 세상의 모든 것을 붙들기 위해 자기도 모르게 뻗고야 마는 손을, 변함없이 바늘을 쥐는 손만큼이나 이해할 수 있을 것만 같다고.

참고 도서

라슬로 버시·머그더 몰나르 저, 서종기 역, 김남일 감수,
『남자의 구두』, 벤치워머스, 2017.
　차남수·김형래, 『구두 패턴 프로세스』, 일진사, 2014
　차남수·정기만, 『구두 메이킹 프로세스』, 일진사, 2016
　양승윤, 『수제화 제작 수업』, 책과나무, 2018

입기와 잇기의 소설

최정우

왜 소설은 한 편의 시가 되어야 했던가, 어째서 소설은 시를 그 자신의 제목으로 삼아야 했던가. 이것이 나의 첫 번째 질문이다. '시'의 이름을 단 이 '소설'은, 아주 오래되고 유명한 하나의 설화가 끝났던 시점에서, 곧 가난한 구두장이 부부의 힘 겨운 일을, 마치 콩쥐의 두꺼비나 우렁각시가 그 랬던 것처럼, 밤새 남몰래 도와주던 요정들이 더 이상 나타나지 않았던 그때로부터, 그러니까 그들 이 더 이상 나타날 필요가 없었던 그 순간을 통과 해, 다시 말해 그때와 그 순간이 무한과도 같은 시 간을 수많은 유한으로 수놓았던 그 모든 사연과 역사를 넘어서, 그렇게 다시 시작된다.

그러므로/그러나 이를 두고 과연 '시작'이라 부를 수 있을까. 탄생과 죽음 그 자체가 없는 존재에게 어떤 시작이란, 그리고 그러한 시작이 바로 그 시작부터 당연히 전제할 수밖에 없는 어떤 끝이란, 과연 무엇이며 또한 무엇일 수 있을까. 바늘과 가죽은 구두를 만드는 도구와 재료이기도 하지만, 그들의 존재가 몸을 입고 (태어남 없이) 태어났고 또 그렇게 몸을 입은 채로 (죽음 없이) 죽어가는 형태를 가리키는 (은유 아닌) 은유이기도 하지 않을까. 나의 첫 번째 (시작 아닌) 시작점은 바로 여기이다.

바로 이러한 무의미에서, 또한 구두를 짓는다는 것은 과연 어떤 의미인가, 혹은 더 적확하게는, 그렇게 구두를 짓는다는 것은 도대체 어떤 의미와 어떤 무의미 사이에 놓여 있는 행위인가. 이것이 나의 두 번째 질문이다. 구두를 신는 것은 무엇보다 발이다. 그 구두의 주인이자 노예이기도 한 발은, 숫제 존재자라고도 부를 수 없이 한때 그저 어떤 존재 전체의 덩어리이(기만 했)던 요정들 혹은 정령들이 몸을 입어 하나의/개개의 존재자가 되면서, 그 수많은 역사의 시간들 동안 한 곳을 떠나 다른 곳으로, 그리고 한 사람을 떠나 다른 사람으로 이동하면서 흔적을 남겼던 저 모든 족적, 그 발걸음들의 수행적 주체에 다름 아니다. 그러므로, 또한 기이하지 않은가, 발이 필요 없던 존재들이 지었던 구두가 이제는 유한 속에서 무한한 존재자들이 된 그들의 오랜 업이 되었다는 것이. 그러므로, 또한 역설적이지 않은가, 그 어느 것에도 구애받지 않을 것 같은 무한성의 존재가 유한한 소멸의 존재자가 지닌 발과 그 걸음과 그 구두에 묶여 있다는 것이. 나의 두 번째 (끝없는) 시작점은 바로 이곳이다.

이 기이하고 역설적인 시작점은 또 다른 몸을, 또 다른 옷을 입고 또 다른 구두를 신는다. 유한 속에서 무한하다는 것은 과연 어떤 의미일까, 다시 말해, 유한한 시간 속으로 똑같이 유한하게 사멸해가는 "하루살이"(105쪽)와도 같은 존재자들 사이에서 그 모든 유한의 한계들을 끊임없이 목격하며 살아올 수밖에 없었던 몸을 입은 무한의 존재들이란, 과연 얼마만큼의 무의미라는 의미를 지니며, 또한 그것은 형벌로 해석되어야 할 축복인가, 아니면 축복으로 수용해야 할 형벌인가. 이것이 또한 나의 세 번째 질문이다.

미아와 얀은 이야기한다. 어째서 빛이나 물이나 공기나 흙의 일부였던 우리가, 그러면서도 동시에 액체와도 기체와도 꼭 같지 않고 더욱이 고체는 아니었던 어떠한 상태를 벗어나서, 손만 뻗으면 서로의 얼굴을 어루만질 수 있는 인간이 되었음에도 얼굴에 주름이 잡히지 않으며 쇠잔하지도 병들지도 않을까. 이는 유한인가 무한인가. (37쪽)

인간이 아닌/아니었던 어떤 것이 인간의 몸을 지어 입게 되었다는 사실, 그렇게 인간의/인간이라는 구두를 만들고 신으며 인간 사이를 끊임없이 돌아다니고 떠나며 다시금 돌아온다는 사실, 이는 우리가 바늘과 가죽으로 만들어진 몸을 입고 끝끝내 끝나지 않을 시를 체화해가는 존재들임을 마치 바느질하듯 겨우겨우 기워가며 끝끝내 시작 없이 말해주고 있는 것은 아닐까. 왜냐하면, 인간은 언제나 시간적으로나 구조적으로 역사를 결코 넘어설 수 없지만, 거꾸로 그 역사가 비로소 모습을 드러내고 하나의 몸을 갖고 체화/체현하는 것은 결국 개체/개인의 형태 안에서일 수밖에 없을 테니. 그러므로 이러한 의미/무의미에서, 또한 바로 그 개체/개인 안에 저 모든 유한한 것들이 지닌 무한성의 기이한 역설이 존재하고 있는 것은 아닌가. 다름 아닌 바로 이러한 착종이 또한 나의 (기약 없는) 세 번째 시작점이 될 것이다. 그러나 이는 여기서부터 하나의 질문이 될 수 없다. 왜냐하면 그것은 물을 수도 없고 답할 수도 없는 성질의 것이기 때문이다.

무엇보다 이 비명과 통곡과 죽음의 시절, 인간과 괴물이 앉은 자리를 바꾸고 정령이라고 불리는 수많은 존재들은 기거할 터를 잃은 지 오래이며 삶과 죽음이 구별되지 않는 정도를 넘어 삶 자체가 죽음의 수많은 양상 가운데 하나에 불과한 때, 우리가 바다를 건넌 뒤에도 살아남을 수 있을

지에 대해. 살아남는다 치면 그 영속성이, 그러나 영원한지는 알 수 없는 고작 그뿐인 지속성이 우리에게 주는 의미란 무엇이겠는지를, 묻지 않는다. (38-39쪽)

다시 이 시작점 위에서, 질문도 안 되고 대답도 안 되는, 시작도 끝도 없는 이 원환의 지점 위에서, 저 위를 혹은 저 아래를 바라다보자. 그러므로 이는 자신과는 완전히 다른 성격을 지니면서도 동시에 자신과 완전히 똑같은 몸을 입은 존재자들인 인간을 바라보고 그 역사를 목격하는 신神의 눈, 신의 자리를 가리키고 있지 않나. 만약 신이 있다면, 그리고 그 신이 어떤 이유에서건 이러한 존재들을 부수거나 만들었다면, 그 신은 결코 무한한 전능성을 갖는 존재가 아니라, 오히려 유한하게 소멸하는 것들을 아무 말 없이 아무런 행동도 할 수 없이 그저 그렇게 한없이 바라봐야만 하는 어떤 무능한 무한성을, 곧 기이하고 역설적이게도 어떤 '무능의 전능성' 혹은 '전지적 무능함'을 도리어 그 자신의 가장 큰 능력으로 갖는 존재는 아닐 것인가. 이것이 바로 나의 (한계 없이) 유한하고도 무한한 네 번째 질문이 될 것이다.

그렇다면 이 인간이 아닌 영속성의 존재란 곧 인간의 유한성을 바라보는 또 다른 인간성이라는 무한 그 자체의 모습은 아닐 것인가. 또한 그렇다면, 여기서 무한이란, 마치 "구름을 따와서 지은 듯"(61쪽) 그렇게 가볍기만 한 무게일까. 그렇다고 반대로, 유한이라고 해서 스스로 짓지도 않았던 원죄의 무게만큼, 그 덧없을 순간성이 과연 그토록 무거운 무게로만 남게 될까. 구두를 짓고 그 구두를 신는 모든 발걸음은, 어디까지 갔다 왔나. 우리 모두는 각각의 개인이자 동시에 하나의 종에 속한 개체로서, 그렇게 어디까지 도달했고 또 다시 어디로 돌아와야 했나. 그 모든 무게들을 질질 끌고 그곳에 결국 당도했던가, 아니면 계속해서 모든 몸들을 훌훌 벗어던지고 모든 구두들을 닳고 닳을 때까지 신어도, 거꾸로 털옷이 겹겹이 다시 생기고 오히려 오이디푸스처럼 발이 부풀어 오르고 마는, 마치 물먹은 솜과도 같은 바짝 마른 사막을 끊임없이 통과했고 또 통과하고 있는 것일까.

바로 이 인간과 역사가 놓은/놓인 저 유한의 무한이라는 사막이 또한 나의 (시작되지 못한) 네 번째 시작점이 될 것이다.

이 또 다른 시작점 위로 또 다른 발걸음들이 걸어와 찍힌다. 그 한편에는 이름이 전혀 기억나지 않는 40여 년 전의 여인, 그 덧없는 유한성으로부터 마치 도망치듯 떠났던 한 무한한 존재 이안/얀이 있고, 또 다른 한편에는 역시나 그 여인처럼 지극히 유한한 존재인 유진의 바로 그 소멸성 자체와 결혼하려는 또 하나의 무한한 존재 미아가 있다. 그러므로 하나의 '신화'가 시작되고 끝나는 지점, 시작도 없이 시작되고 끝도 없이 끝나기를 반복하는 지점이 바로 여기에 있다. 따라서 이 시의 이름을 달고 있는 소설이란, 단지 구두장이 요정들의 신화에 대한 단순한 탈脫신[비]화라기보다는, 거꾸로 또 하나의 신화, 다시 말해 오히려 또 다른 역逆신화의 의미와 무의미를 갖게 되는 것은 아닐까. 이것이 나의 (돌이킬 수 없는) 다섯 번째 질문이 될 것이다. 왜냐하면 이 소설은 단순히 하나의 신화를 파괴하거나 거기에서 무조건 벗어나려 하는 것이 아니라, 오히려 바로 그 신화를 거꾸로 뒤집어 하나의 신화가 신화이기 위해 필요했던 모든 유한한 조건들을 역으로 무한한 시간 속에서 되짚어나가는 이야기가 되고 있기 때문이다. 이름을 기억하지 못할 정도로 바스러질 듯 유한한 존재자가 바로 그 이름이 주어지면서 다시금 거꾸로 무한한 존재에게 새로운 생명과 의미를 가져다주게 되는 일종의 '기적'이 바로 이 신화의 역신화적이면서 반신화적인 또 다른 신화성을 잘 드러내주고 있다. 이름은 그렇게 부서지기 쉬운 순간의 징표이지만, 동시에 무한 안에 유한을 새겨 넣는 부동의 부표와도 같은 (무)의미를 지니게 되는 것이다.

그녀 역시 그의 얼굴만 희미하게 남았을 뿐 이름은 알지 못하더라도, 이제는 안이 그녀의 이름을 알고 있으니 괜찮다. 이 생에서 두 번을 만난 데에는 이유가 있지 않을까. 그녀의 사라져가는 시간을, 닳아져가는 삶을 마지막까지 지켜보아주어야 한다는, 물을 머금어본 적 없이 방치되어 말라비틀어진 씨앗 같은 기억에, 이제라도 솜을 깔고 현재를 분무해주어야 한다는, 그 행위가 비록 무용하더라도, 씨앗을 간직해온 사람에게 보일 수 있는 유일한 예의인지도 모른다. 언젠가는 망각과 기억 사이에 난 미로 같은 길들을 따라 육신의 출구를 향해 걸어가는 그녀의 뒷모습을 배웅하는 일이, 자신의 몫인 것만 같다. (168쪽)

이제 그 어느 누구도 문학에서 영원성의 징후를 찾지 않는 이때에, 만약 우리가 문학의 무한성과 영속성을 여전히 이야기할 수 있는 부분이 있다면, 그것은 바로 이러한 "몫"(168쪽)이지 않을까. 부서지고 바스러지며 소멸하는 모든 유한한 것들을 바라보는 문학의 무한성, 바로 그것이 문학의 무용한 몫은 아닐까. 왜냐하면, 소설은 단지 소박하기 그지없는 정의에 대한 단순한 확인도 아니고, 또한 지극히 올바르기 그지없는 윤리에 대한 순진한 공헌도 아니기 때문이다. 소설은 그런 것일 수 없다. 그리고 어쩌면 '시'라는 제목을 달고 있는 이 소설이 바로 이러한 소설의 '불가능한 몫'

을 잘 보여주고 있는 것인지도 모른다.

소설은 무엇보다 유한한 시간 속에서 읽히는 무엇이다. 소설은 그것을 쓰는 시간과 읽는 시간의 시작과 끝이 있는 유한성을 떠나서는 결코 생각할 수 없는 무엇인 것이다. 반대로 시가 어쩌면 저 영원이나 무한에 해당할까. 아니, 아마도 시 또한 그러한 허망을 스스로 부정할 것이다. 그럼에도 불구하고 소설은 여기에서 하나의 시가 되고자 한다. 시는 어쩌면 소설이 몸을 입어 존재하게 되기 이전의 어떤 존재의 덩어리 그 자체인지도 모르겠다. 이는 시와 소설 사이에 어떤 문학적 위계가 있음을 말하는 것이 아니다. 마치 무한과 유한 사이에 그 어떠한 위계도 없듯이. 또한 그렇기에 이는 물론 시를 소설과 비교해 상대적으로 신화화하려는 것도 아니다. 단지, 바늘과 가죽의 시란, 그리고 그렇게 특정한 시의 이름을 달고 쓰이고 읽히게 된 소설이란, 바로 그 무두질과 바느질로 탄생 없이 탄생하게 되었던 시의 몸인 소설이, 다시 그 몸 이전으로 돌아갈 방법은 알지 못하나, 그럼에도 끊임없이 그 회귀를 갈망하고 희구하는 시 자체라는 무한성을 오직 유한한 시간성 속에서만 기억할 수 있는 하나의 기이한 형식일지 모르기 때문이다. 그리고 나는 시의 이름을 달게 된 소설의 뜻과 이유가 다름 아닌 바로 이것일 거라고 생각한다. 바늘과 가죽의 시란, 결국 잇기와 입기의 소설이 되는 것이다. 왜 그런가. 구두 제작 수강생인 시인이 이렇게 혼잣말을 하는 데에는 아마 그 자신도 이해하지 못할 어떤 이유가 있었던 것이다.

　누구도 신지 않을 것, 사용하지 않을 것이라고 해서…… 더는 쓸데없어진 것이라는 이유로, 아름답게 완성시키면 안 되나? (141쪽)

무한과 유한 사이에 위계가 없다면, 또한 저 유용함과 무용함 사이, 쓸데가 있음과 없음 사이에도 위계는 없다. 몸을 입지 않았던 무한한 것이 몸을 입어, 본래 몸을 입을 수밖에 없던 유한한 것들을 바라보고 기억하며 그들을 위해 구두를 짓는다는 것, 하여 여기서 결국 그러한 바늘과 가죽이란 각각 잇기[緣]와 입기[肉]의 행위를 가리키는 말이 되고 있지 않나. 왜냐하면 유한한 시간 속에서 몸을 입은 존재들을 계속해서 서로 이어주는 것이야말로 바로 저 바늘과 가죽의 시라는 무한성의 뭇과 이유에 가장 가까운 행위이기 때문이다. 이유라고 할 수 없는 이유, 뭇이 없는 뭇. 바로 여기에서 유용과 무용을 가르는 기준, 유한과 무한을 구분했던 경계는 그 순간으로 사라지고 도리어 역전된다. 유용성은 아름다움과 아무런 상관이 없다. 오히려 유한한 것, 아직 시작되지도 않은 것은, 바로 그 자신의 무용성 때문에 거꾸로 아름다운 완성에 근접하게 되는 것. 여기에 무한과 유한 사이, 유용과 무용 사이의 어떤 신비이자 기적이 놓여 있다.

사라질 거니까, 닳아 없어지고 죽어가는 것을 아니까 지금이 아니면 안 돼. (149쪽)

그러므로 여기서 다시금 왜 구두인가. 그것은 유한과 무한을 잇는 발걸음이기 때문이다. 그것은 사그라지고 닳고 닳아 결국에는 없어지고 말 유한하고 무용한 것들을 향한 무한의 유용하고 아름다운 몫이기 때문이다. 그것은 몸을 입게 된 존재들의 역행과 동시에 진화를 가리키는 이름이기 때문이다. 그것은 저 사멸하는 모든 유한한 존재자들과 그 존재자들을 바라보기만 할 수밖에 없는 무능한 전능성의 무한자 사이에서 오직 순간의 차이와 반복으로만 꽃피울 수밖에 없는 하나의 궁극적이고도 찰나적인 아름다움이기 때문이다. 가죽을 하나의 몸으로 입고 그 가죽을 다시 바늘로 잇는 일, 어쩌면 그것이 바로 이 소설이 하나의 시가 되기를 희구하며 유한과 무한 사이를 왕복하며 바느질하고 있는 의미이자 무의미이지 않을까. 그리고 앞서 만약 신이 있다면 하고 가정했던 것처럼, 만약 어떤 아름다움이 있고 또 있어야 한다고 우리가 가정할 수 있다면, 그 아름다움을 찾아야 하고 또 찾을 수 있는 곳은 바로 이 바늘과 가죽의 의미와 무의미 안에서가 아닐까. 나의 마지막 질문이자 끝의 시작점은 바로 이것이다.

"그녀의 이름은 어디에도 없"(98쪽)을 정도로 희미했던 기억은, 바로 그 이름을 알게 되면서 또 다른 옷을 입고 또 다른 몸을 입는다. 그렇게 무한은 유한 속에서 유한을 한없이 바라보며 살아갈 것이다. 그리고 아마도 그것이 유한성 속에 주어진 무한성의 어떤 사명일 것이다. 무한 속에서 유한을 계속 그렇게 응시하고 목격하며 증언하는 것이 어쩌면 유한을 대하는 무한의 운명일 것이다. 그리고 그것이 또한 소설이 그 자신 속에서 하나의 시를 사유하고 상상하며 추구하는 태도이자 방식이며 목표일 것이다. 그러므로 다시 한 번 기이하게 역설적으로, 이러한 사명과 운명과 태도와 방식과 목표는, 바로 무용함과 무의미 안에서 역설적으로 그 자신의 유용함과 의미를 비로소 찾게 되는 것이다.

점유할 수도 당겨 쓸 수도 없는 시간 속에서 속수무책으로 사라지는 인간과 인연을 맺는 것만큼 무의미한 일은 없다고. 그럼에도 그 무의미를 선택한 미아에게 자신은 무엇을 해줄 수 있을지 고민하는 일이, 남아 있는 날들의 목표가 될지도 모르겠다고. (110쪽)

인간에 대한 신의 선택이 지닌 의미, 고로 인간이라는 무한성이 인간 자신의 유한성에 대해, 그리고 유한한 인간이 인간의 무한에 대한 희구 앞에서 취하게 되고 또 취할 수밖에 없는 하나의 태도이자 목표는, 그러므로 다름 아닌 바로 이것이 아닐까. 바로 이 무한의 무력한 응시와 고민 속에 비로소 바로 그 유한성의 위대함과 아름다움이 있다고, 곧 바로 그 사멸하는 유한성 안에서야 비로소 저 무한성은 비로소 전능해지는 것이라고, 영원은 그렇게 오직 순간 속에서만 무의미하게 의미 있는 것이라고, 우리는 그렇게 말해야 하고 또 그렇게 말할 수밖에 없는 것이 아닐까. 그렇기에 우리 앞에 이렇게 한 켤레의 구두가 놓여 있게 된 것은 아니겠는가.

유한과 무한의 사이 그 어디엔가 자리한 존재의 오랜 허무가, 한 켤레의 구두에 담겨 있다. (144쪽)

그러므로 다시 한 번 더, 만약에 신이 존재한다면, 그 신은 이 구원 없는 세상에 거짓 구원을 약속하는 자가 아니라(우리는 여전히, 마치 이안과 미아처럼, 우리가 어떻게 해서 몸을 입고 태어나게 되었는지, 그리고 또한 언제서야 비로소 이 몸을 벗어날 수 있을지, 전혀 알지 못한다), 오히려 그 구원 없음의 시작과 끝이라는 유한성을 오롯이 응시하고 목격하며 증언하는, 무능해 보이지만 바로 그 이유 때문에 오히려 전능하게 되는 어떤 무한한 존재가 되어야 하지 않을까. 고로, 이러한 신이란 결국, 바로 인간의 덧없는 유한성이 지니는 어떤 부서질 것 같은 아름다움을 바라보는 바로 인간 그 자신의 무한성을 가리키는 또 다른 이름이 되고 있는 것은 아닐까. 하여, 이렇게 입고 잇는 소설은 스스로 바늘과 가죽의 시가 되려는 어떤 불가능성을 끝없이 시작하고 추구하면서 "마침내는 영원히 낭독이 불가능한 언어로 이루어진 한 편의 시"(170쪽)이고자 하는 하나의 형식은 아니겠는가.

우리에게는 찰나에 불과한 시간만을 머물렀다가 부서지고 사라질 세상의 모든 것을 붙들기 위해 자기도 모르게 뻗고야 마는 손을, 변함없이 바늘을 쥐는 손만큼이나 이해할 수 있을 것만 같다고. (170쪽)

이 이해할 수 없는 아름다움을 끊임없이 이해하려는 것, 찰나와 순간의 유한성 속에 바로 그러한 아름다움이 무한성으로서 존재한다는 이 불가해한 사실을 한없이 붙들고 나아간다는 것, 그것이야말로 이 한 편의 소설이 바늘과 가죽이라는 이름의 시로 지은 저 구두의 끝나지 않는 발걸음, 그 시작일지도 모른다.

작가의 말

*

라스트shoe last는 구두 골 또는 화형靴型이라고
도 불린다.

**

고소리는 cobbler plier 또는 lasting pincer라
고 하는데 일반 직선형 펜치가 아니라 가죽을 잡
고 구부리기 쉽도록 집게의 모양이 새의 부리처럼
휘어진 물건으로, 우리나라에서는 왜 고소리라고
불리는지 어원을 알아내지 못했고, 발음으로 보건
대 일본어에서 변형된 게 아닐까 나름대로 추측만

한다. 아마도 우연이겠지만 '소리칼'는 칼과 같은
연장이 휘어진 모양이나 상태를 뜻한다.

***

요즘은 선인장, 버섯 균사체, 파인애플 잎사귀,
포도 찌꺼기 등을 이용한 친환경 가죽이 생산된다
고 한다.

****

이 소설로 다만 한 조각의 아름다움이나마 전해
졌다면 그것은 최정우 님의 해설과 편집부의 노고
에 빚지고 있다.

2021 봄

바늘과 가죽의 시詩

지은이 구병모
펴낸이 김영정

초판 1쇄 펴낸날 2021년 4월 25일
초판 8쇄 펴낸날 2024년 9월 1일

펴낸곳 (주)현대문학
등록번호 제1-452호
주소 06532 서울시 서초구 신반포로 321(잠원동, 미래엔)
전화 02-2017-0280
팩스 02-516-5433
홈페이지 www.hdmh.co.kr

ⓒ 2021, 구병모

ISBN 979-11-90885-71-3 04810
        978-89-7275-889-1 (세트)

현대문학 핀 시리즈 소설선